冬〻萌

木曽ひかる

新日本出版社

目次

（『女性のひろば』二〇二二年一〇月号〜二三年九月号連載）

第一章　失業

店長がごつごつした太い指でメガネをひょいとつまんではずし、疲れているのかこめかみのあたりを強く押さえた。

桐山《きりやま》美沙が働き出した三か月前に比べ額の皺《しわ》が増えたような気がする。コロナ禍で居酒屋の営業時間に制限が課せられたりして、店長として苦労してきたのだろう。

店長は肩を大きく持ち上げ、はぁと息を吐いたあとメガネをかけると、自分に号令をかけるように勢いよく話し出した。

「皆さん、お疲れさまでした。今日で店を閉めることになりました。居酒屋、呑兵衛《のんべえ》として六年近くも頑張ってきたのに残念なことです。コロナ禍の影響で利益があがらず、会社が全国で八か所閉店することを決め、不名誉なことですが、そのうちのひとつになってしまいました」

絞り出すような声だ。一週間前に閉店のお知らせがあり覚悟をしていたつもりだが、正式に店長から言い渡されると、美沙は目の前が黒いもので覆われるような気がした。次の仕事を探しているがまだ決まっていない。

店は昨年からコロナ禍で、営業時間と酒の提供時間を短縮する時期があった。昼飲みやテイクアウトに力を注いだが、大幅に利益が少なくなり、美沙たちパートも働く時間を減らされた。生活できないと見切りをつけて辞めていったひともいる。

男性は板前と店長を除いてすべて辞め、残った女性五人で切り盛りしてきたが、及ばなかった。

今日は昼から店を開けて、五時閉店とした。閉店予告をしたせいか来客が多かった。

「いつもこんなに忙しいと良いのにね」

そんな会話を隣に立っている大下春香としたほどだ。

シングルマザーの春香はマスクの上からも元気がないことがわかった。

中学二年生と一年生、小学六年生と年子の男の子三人を育てている。たしか、自分より五歳上と聞いているから三七歳だ。

化粧をほとんどしていないのに肌理《きめ》が細かい肌はつやつやしていて年齢よりずっと若く見える。幾分垂れた大きな目が温かみを感じさせる。愛想が良くてよく気がつき、客からの評判も良かった。

美沙はその反対で気が利かないうえ、無愛想なので客の評判は芳しくない。

春香はひと柄も良い。シフトが同じになることが多く、美沙が注文のミスを犯すとすぐカバーをしてくれた。それでいて恩着せがましいことを言わない。タメ口で話すと怒るひともいるが、春香は「それでいいよ」と言う。

よく響くその声をいつも好ましく思うのに、今日はなんだかうっとうしく感じる。

店長の話は続いた。

「今日までの給料は間違いなく、給料日の来月五日に振り込みます」

「給料払うのは当たり前だよね」

春香がぼそりと言う。

「見舞金みたいなものは出るんやろか？」

うしろに立っているひとから質問が出た。

長いつけ睫毛《まつげ》をして、目の上を青黒く塗り、通勤に原色の服を着てくるので春香とひそかに、派手オバサンとあだ名をつけている。

「あ、そういうのは……」

店長が苦笑いをしながら手を大きく振って否定すると、従業員から溜《た》め息がいっせいに漏れた。

「そうかぁ、そいじゃあ、早く帰って次の仕事を探さんといかん。もう終わりやね」

派手オバサンはそのままくるりと向きを変えて更衣室へ歩いて行く。美沙たちも続いて更衣室へ入った。

更衣室といってもロッカーが並んでいるだけの殺風景な狭い所で、今日はいっせいに着替えるので肩がぶつかりそうだ。

美沙はのろのろと服を着替え、置いていたタオルやティッシュの箱をリュックに入れた。ブルーのリュックはもう何年も使っているので、ところどころシミや綻びがある。新しい物を買う余裕はとてもないので、繕わなくてはと思いながら、糸と針を持っていないので、そのままにしている。

帰りに一〇〇円均一店で針道具を探してみようか。

考えながらロッカーの内側に取り付けられた小さな鏡を見ると、薄暗い蛍光灯の明かりを受けて、面長で眉が薄く目も小さいぱっとしない顔が浮かびあがった。

コロナ禍でマスク着用が言われ、化粧品代が惜しいのでこれ幸いと化粧をせずにすませている。

美容院へ行く金もなく、前髪は自分でカットし艶のない髪をうしろで縛っている。自分でも三二歳という年齢よりずっと老けて見えると思い、なんだかぞっとした。

(また失業だ。どうしよう)

考えると気分が塞ぐ。

「やっぱ、こんなとこに来て、いかんかったわ。もういっぺん、キャバクラに行くか。だけど指名がないと食べてけへんな」

派手オバサンはさかんに独り言を大声で言っている。

体が丸々としていて、着替えた濃いオレンジ色の服がはちきれそうだ。赤いコートを羽織って出て行くうしろ姿を見ながら、美沙はこれからどうしたら良いかと不安になる。

ほかのひとたちもそれぞれ荷物を入れたカバンを抱えて無言で出て行く。シフトが違うひとたちとは最後まで親しくなれなかった。

名札をつけていても覚える気がないうえに、マスクをしているので誰が誰だかいつまで経《た》ってもわからなかった。ひとづき合いが悪いと陰口を叩《たた》かれていることは十分承知しているが、美沙は親しくなろうと思わない。

「美沙さん、これからどうする？　行くあてある？　どこか探した？」

リュックを背負ったままぼうっと突っ立っていると、春香が訊《たず》ねた。

「ない。……これから探す」

「私はまたダブルだわ。朝早いのが困るけど、前に勤めていた総菜店に頼んでみる。ほかに、スーパーのレジ打ちか掃除を探すわ」

ダブルは一日にふたつの仕事をする。切り替えをうまくしなければならないし、時間の調整がむずかしいことが多く、体にも負担がかかる。避けたいのが本音だが、安い賃金では掛け持ちせざるを得ない。

春香に続いて美沙も外へ出た。

二〇二二年の年が明けてから日差しがずいぶん長くなった。丁度、夕日が沈む頃で、街は幾分明るさが残っている。風が出てきたのか首のあたりが寒い。美沙は慌てて、古着屋で買ったマフラーをきつく巻いた。

春香は自転車通勤だ。美沙は自転車を買う金が工面できず、片道二〇分を歩いている。

「すぐ帰る？」

自転車に乗りかけた春香が訊ねた。

「コンビニへ求人情報誌を取りに行く」

「……」

「じゃあね」

美沙が歩き出すと春香が声をかけた。

「ねえ、うちへ来ない？　一緒にご飯食べようよ」

「春香さんの家？」

「そう。今日は子どもたちいないの。みんな、学習支援で勉強して、そのあとお楽しみ会があるからって」

「学習支援？　お楽しみ会？　何？　それ」

「塾みたいな所。塾へ通わせる金がないうちみたいな家の子どもに無料で勉強を教えてくれるの。今日で一月が終わりだからひと区切りで、みんなでご飯作ってゲームやビンゴしたりするらしいよ。ご飯代も無料だから助かるわ。今日は私ひとりなのよ」

春香は、私ひとり、と言うとき、嬉《うれ》しそうに笑ったのが、マスクの上からでもわかった。毎日、三人の子の食事作りだけでも大変なのだろう。

「そうと決まればたまには贅沢《ぜいたく》するかな。ポッポへ行こう」

美沙の返事を聞かずに、自転車を引っ張りながら近くにある安い量販店を目指す。美沙も慌ててあとを追った。

ポッポは食料や衣類が安いと評判の店だ。

店内は大ぜいのひとでごった返している。広告のチラシを広げながら品物を探している高齢者もいる。最近、物価の値上げが続き、少しでも安いものを見つけようと必死だ。

「ビールは一本ずつでいい？」

一応、訊ねるものの返事を待たずに、春香は買い物カゴに三五〇ミリリットルの発泡酒を二本入れて、にやっと笑った。

美沙は急いで「あまり呑《の》めないからそれでいいよ」と返事した。

「ビールや酒、ジュースはここが一番安いよ。コンビニは高くて手が出ないけど」

特価と書いたおにぎりが六八円、焼き芋が九八円、チキンカツとご飯、漬物がついた弁当は二八〇円と値札が付いている。

「この弁当安いね。でも、あんまり安いと材料に何を使っているかわからないから心配だよね。がんになると言われているから私は買うのよすわ」

ベトナム人と思われる若い男性が三人、その弁当を買い物カゴに入れた。


春香の家は三階建ての古びた小さなアパートの一番上だった。外壁に渦巻き模様の落書きがいくつも描かれ、エレベーターはない。

狭い玄関ホールのチカチカ光る薄暗い蛍光灯が、郵便受けを照らしていた。

部屋のドアを開けると、玄関のたたきに段ボール箱が置かれ、靴箱代わりなのか靴が重ねられている。

ひと部屋は子どもたち三人の部屋にしているようで襖《ふすま》で区切られている。もうひと部屋が春香の寝場所兼居間のようでテレビと炬燵《こたつ》があり、鴨居には子どもたちの服がずらりとぶらさがっている。

「座ってて」と言いながら、冷蔵庫から豚肉のこま切れ、キャベツと玉ネギ、ピーマン、人参、竹輪、もやしを出すと手早く炒め、冷凍のうどんをさっと加えて、あっという間に焼きうどんを作った。

仕事中もテキパキとよく働くが家事も早い。自分はとてもこんなにできないと思いながら、美沙は炬燵の上に置かれた焼きうどんを見つめた。

今日は朝八時から閉店準備のために働き詰めで、まかない食も出ず、菓子パンを一個口に押し込んだだけだった。醤油《しょうゆ》の香りが空腹を刺激する。

「食べる前に乾杯しよう」

「え？　何の乾杯？」

「もちろん、失業よ。はい、失業に乾杯っ」

「失業して乾杯なんてヘンよ」

「じゃあ、早く仕事が見つかるように、というのはどう？」

春香はコップに注いだビールをカチンと突き合わせたあと、ぐいっと音を立てて呑んだ。つられて美沙も口にして、じわっと広がる液体を舌で転がす。

「ああ、おいしいっ。久しぶりだよ。疲れたときは呑みたいと思うけど金がないから我慢してる。今日は失業したから自分を慰めなきゃね。さあ、うどん食べよう」

「うん、いただきます」

ビールを呑みながらうどんを食べ終わると、一日中立っていたせいか、どっと疲れが出てきた。同時に明日からのことが心配になる。仕事はすぐ見つかるだろうか。コロナがまだ収まっていないせいで、サービス業は立ち行かなくなり、求人をしている所も少なくなった。少しでも賃金が高い仕事は奪い合いだ。

「どうしたの？　元気ないね」

「うん、仕事見つかるかなと思って……」

「ハローワークへ行ったら？」

「以前、行ったことある。いいなと思う所は運転免許証が必要とか保証人を立てろとか、結構、厳しい条件がある。行っても無駄だわ……、私、運転免許証ないし、パソコンもあまりできないし……」

「美沙さんのこと何も知らないけど、ひとりなの？」

「うん……」

「ワケありだね」

「……」

自分のことをどう話せば良いのか。こういうのをワケありというのか。でも、自分のことはあまり話したくない。

「イヤなら無理して話さなくてもいいよ。私は亭主からひどい暴力を受けて、もう殺されると思って逃げてきた」

「暴力？　お子さん三人連れて逃げるって大変だったね」

独身の美沙には想像もつかない。

「そとづらが良いヤツでさ。同じ職場でちょっとやさしくされて、ついその気になって、気がついたらできちゃった婚」

春香は大袈裟《おおげさ》に肩をすくめた。

「どんな職場だったの？」

「小さな工務店。あいつは背が高くて体がでかいし、カッコよく見えたのよ。私は定時制中退で転職繰り返して事務兼雑用で入ったの。男ばかりの職場で女は私ひとり。あいつはすぐアタックしてきて……」

春香は残ったビールを飲み干した。

「最初は親切でいいひとと思った。でも、結婚したらささいなことですぐ切れて殴るし……、長男が産まれて夜泣きするとうるさい、と怒鳴られて……」

一瞬、春香は目を瞑《つぶ》った。

「外へ出て寝かせて、もういいかなと思って家へ入るとまた泣いて……、そしたらやかましいと殴られてびっくりして私も一緒に泣いちゃった。力があるから顔も腕も腫れて」

「ひどい」

「それからも酒を呑んでは思い通りにならないと暴れて……、そうかと思うと、お前が好きだと甘い声出して抱きしめる。その繰り返し。……私はバカだった」

春香は当時を思い出したのか、顔を歪《ゆが》めた。

「あ、ごめん、こんなこと言うつもりはなかったのに、つい……」

「大変だったのね。私、気が利いたこと言えなくてごめんね」

春香がふっと寂しそうに笑った。

「美沙さん、男には気をつけてね。よく考えて選ぶといいよ。あいつは避妊もしないから、こんなふうに年子が三人。ゴムをつけてと言うと殴られて……」

春香は目をぎゅっと瞑った。ゆっくり目を開けると、ハハハ、と大きな声で笑った。

「二日酔いで仕事に行かない日が続いて家に金を入れなくなって……、私がパートしてたけどたいしたお金にならなくてね。長男が中一になるとき制服代がなくて、お金ちょうだい、って言ったら、自分でなんとかしろってまた殴られた」

「そんなこと言うなんて……」

「長男がやめろって飛びかかって揉《も》み合いになって大声出したから隣のひとが一一〇番した。警官に事情聴取で連れて行かれるとき、覚えてろよって、ものすごい顔で睨《にら》んだから今度は殺されるかもしれないと怖くなって……」

「まあ」

「そのとき、子どもたちがこんなヤツ、いらないから離婚しろよって口を揃《そろ》えたの。父親のことをこんなヤツと言ったんだよ。何度も殴られているところを見ていたからね。貯金もないし、親と仲が悪いから頼れなくて……、警察から帰って来るまでに逃げようって、身の回り品だけ持って友だちんとこ逃げた」

「……」

その頃は畑や田んぼが近くにある郊外に住んでいた。友だちが役所に連れて行ってくれてシェルターに入ったが、近くにいると見つかるかもしれない。大きな都市の方が良いと言われてこのN市に来た。

最初は母子寮、母子支援施設に入ったが、男の子三人、中学生もいるので長くおられないと引っ越した。しかし部屋が狭く、公営住宅に入りたいと応募しているが、なかなか当選しないと春香は言葉を継いだ。

「苦労したのね」

「自分がバカだったから仕方ないよ」

「離婚は？」

「うん、弁護士を立ててね」

「良かったわね。でも、生活費は出してくれるの？　子どものお金とか……」

「離婚がやっとだったし、養育費の話をすると復縁迫られそうで、なあんにもない」

「それじゃあ暮らしていくの大変ね」

「私んとこ、セイホなの」

「セイホ？」

聞きなれない言葉だ。

「生活保護」

「ああ、なんか聞いたことある」

「役所がお金を出してくれる。医者代も無料になる」

「いいね」

「でも、親に扶養できるか、金を出せるかって役所が手紙を出したの」

「へえー、そんなことをするんだ」

春香の幼い頃、両親が離婚。観光バスの運転士をしていた父が再婚した継母《ままはは》は春香に厳しくあたった。妹や弟が産まれて以後、遊園地や外食で出かけるときも留守番させられ、どこも連れて行ってもらえなかった。父は何も言わない。

「えー、かわいそう」

「家に誰もいないことがあって、残っていたご飯にふりかけをかけて食べた。夜になってみんな帰って来て、妹と弟は新しいおもちゃを持っていた。自分たちは回転寿司で食べてきたのに、ご飯がないと継母が大騒ぎして、泥棒猫って言われて叩かれた。父は知らん顔。そんな家だったから早く家を出たくてあいつの甘い言葉に酔ったんだね」

春香は遠いところを見る目をした。

「継母はパートに行ってたから掃除や洗濯、食事作りも私がやってた。早くやらないと叱られて……、おかげでなんでも早くやれるようになったわ」

「……」

役所に、親と仲が悪いから扶養照会の手紙を出さないように、電話番号を知らせないように頼んだが、決まりだからと言われた。役所からの手紙を見て、継母が「恥さらし。金なんか出すもんか」と電話で怒鳴ってきた。急いで電話をシャットアウトした。

「セイホになるのも大変ね」

「うん、でもいいこともある。働いても全部が収入と計算されずにいくらかは自分のものになるし、医者代も必要ない。あいつと一緒のときは国保の保険料滞納してたから保険証を出してもらえずに、熱が出ている三男を医者に連れて行けないこともあった……」

春香は当時を思い出したのか、涙声になり、ティッシュで鼻をかんだ。

「保険証がないと困るね」

　美沙は金がなくて国民健康保険に加入していない。具合が悪いときは薬局で薬を買う。

「担当のケースワーカーはセイホに甘えるな、もっと給料の良い所を探せって言っているから、失業を報告したらイヤミを言われるかもね」

　生活保護を利用するのも大変のようだ。

「美沙さんは高校出てるんでしょ?」

「うん、でも、勉強が嫌いで成績悪かったし、何の資格もないからいい所に入れない」

「今までどんな仕事したの?」

「最初は寮のある食品会社で弁当を作っていたけど三年くらいして倒産した。寮を出て、アパート借りるのに貯金がほとんどなかったから大変で……。ようやくアパート借りていろんな所で働いたけど、失業の繰り返し」

　貯金が二桁になったときは、家では冷蔵庫以外の電気をつけないようにした。窓の外の街灯が唯一の明かりだった。

　ようやく見つけた仕事の昼食時間、弁当を作ったり買う金がなく、近くの公園で水道の水を飲んでしのいだ。売れ残りのひと袋一三〇円のパンの耳が夕食だった。スーパーの試食品をあてにして店内をぐるぐる回ったが、コロナのせいで提供されなくなっていた。

　街角でぼうっと立っていたら、「一〇〇〇円でどうだ」と作業着姿の中年男が肩に手をまわしてきた。思い出すと、今も胸がざわざわして吐き気を催してくる。

「苦労してるんだね。でも、高校を出てるから大丈夫。すぐ見つかるよ。中退の私は選《え》り好みしておられないから、あれば何でもやるわ。子どもたちを食べさせていかないといけないから、頑張らなきゃね」

「子どもさんがいるから頑張れるのね」

「うん、あんなヤツの子だけど、みんないい子でね。それだけが救いよ。ほんとにごめんね、イヤなこと聞かせて……。逃げて来たときはいつ追いかけてくるかと不安で眠れないこともあって、一年経ってこの頃ようやく落ち着いたけど……、失業して気が弱くなったのかしら。思い出しちゃった……」

春香はまた涙声になり、瞼《まぶた》を手でごしごしと拭った。いつも笑顔で愛想の良い春香にこんな過去があったとは。

美沙はまじまじと顔を見た。

第二章　施設育ち

家財道具がほとんどないワンルームの殺風景な部屋に帰ると、美沙は押し入れがないため敷きっぱなしにしている布団に潜り込んで、大下春香宅からの帰途、コンビニからもらってきた無料の求人情報誌を広げた。

情報はスマホでも見ることができるが、何度も見るには紙の方が便利だ。

エアコンは設置されているが、電気代が高くつくので使用していない。寒いので、湯を入れた二本のペットボトルを腹の上と足元に置いて、湯たんぽ代わりにしている。

食品会社の寮にいるとき、暖房の設定温度が低くて寒かった。先輩が「社長がケチで困るよ。自分ちは豪邸でじゃんじゃん暖房つけてるんだってさ」とぶつぶつ言いながら、寒さしのぎに教えてくれた方法だ。

にこやかに笑う女性が表紙の求人誌には、大手自動車会社の期間工が大きく掲載されている。しかし、夜勤があるから体力のない自分には無理と思えるし、遠方だから寮に入らねば通えない。せっかく確保したこのアパートは出て行きたくない。

スーパーの総菜部門での調理やファミリーレストランでの接客募集がある。

調理手伝いの仕事をしたことがある。体の大きな中年の女性が責任者で、仕事の内容や段取りをきちんと教えないのに「こんなこともできないのか」とさんざんイヤミを言った。

二か月辛抱したが、大きな鍋を持って移動している最中に「もっとさっさと動けんのか」と背中をどんと押されて転んだ。幸い怪我《けが》はなかったが、怖くなってその日に辞めた。

居酒屋呑兵衛《のんべえ》は親切な大下春香がいたし、店長も比較的穏やかなひとだったので、間違えても大声で怒鳴られることもなく、働きやすかった。

しかし、シフトを目いっぱい入れて働いても、手取り一〇万円ほどにしかならなかった。家賃が五万円、光熱費と共益費を合わせると六〇〇〇〇円近くになり、残りでスマホ代を払い、食べて生活していかねばならず、節約しても貯金はほとんどできない。仕事がすぐ見つからなければ、その少ない貯金をくずしていかねばならない。

呑兵衛はチェーン店で社会保険加入をうたっているが、雇用見込み期間が一年未満と言って勧めようとしなかった。あげくのはては失業だ。

最近ときどき腹に痛みがあり、医者に行きたいが、国民健康保険に入っていないので、市販の鎮痛剤で我慢している。

春香はセイホだから医者代はいらないと言っていた。医者代や国民健康保険料は高いからセイホだと助かる。

春香がＤＶ被害者とは思ってもみなかった。ＤＶのことはあまりよく知らない。夫や恋人からの暴力が多いと聞いているくらいだ。身の回り品を持っただけで逃げるとは、よほどひどい相手だったのだ。

美沙はひととのコミュニケーションがなかなかとれない。初対面だけでなく、顔なじみになっても緊張して何を話したら良いかわからず、黙ったままその場をやり過ごすことになる。生意気とか愛想が悪いと悪口を言われることが多く、いっそう話さなくなった。

春香はそんな美沙のことを受け止めてくれて「話したくないならそのままでいいよ」と言ってくれた。そんな良いひとが暴力に脅《おび》えていたとは理不尽な気がする。

自分のことをありのまま受け止めてくれたひとは、今まで、児童養護施設若葉苑《わかばえん》の苑長先生だけだった。春香が加わり、何か温かなもので満たされる思いがしたが、失業してもう行き来ができなくなることを考えると、やはり、世の中はうまくいかない、自分はひとりぼっちと思わざるを得ない。

帰るとき、春香は冷蔵庫からプリンを出してきた。上に小さな本物のさくらんぼがちょこんと載っている。

「あんまり暗い話が続いたからこれでも食べて元気出してね。持って帰って」

「豪華。でも、お子さんのものじゃないの？」

「見切り品で安かったから買ったのよ。子どもたちは昨日食べたし、デザート付き夕食と言っていたから大丈夫よ。さあ」

「ありがとう」

プリンは入所していた若葉苑で、よくおやつに出た。

苑長先生が料理好きで、小学校高学年になるとグループに分かれてプリン作りに挑戦した。プリンはみんな、大好きだった。

「自分で作ると楽しいわよ。ほら、こんなにして泡立てるのよ」

ボウルに入れた卵を泡立てる方法を丁寧に教えてくれた。太っちょで汗かき。額や鼻の頭に汗をかきながら大きな太い手を動かしていた。

やさしくて面倒見が良かったから「ママ」と呼んで膝に乗って甘えている子もいた。

入所したばかりの最初のころ、美沙も同じことをしたかったが、どうして良いかわからず、黙って爪を噛《か》みながら遠くから見ているだけだった。

「美沙ちゃん、おいで。順番に抱っこよ」

苑長先生の声がしたと思うと軽々と抱かれていた。

「美沙ちゃん、痩《や》せてるね。たくさん、ご飯食べて、ほら、苑長先生みたいにぷっくらになろうね」

そう言いながら膝の上でそっと揺すった。苑長先生の膝の上はゆったりとして心地良かった。安心して眠りそうになる。あのとき初めて安心して過ごす場があることを知った。

美沙は父の顔を知らない。母は自分を棄《す》てて男とどこかへ行ってしまったと聞いた。どんな顔をしていたのか、もう覚えていない。いつも酒のにおいがしていた。気に入らないことがあると大声で怒鳴りながら、頭や腕、背中をバンバン叩《たた》いた。

母が姿を消した日の晩遅く「おなかすいた」と言ったら、初めて「コンビニでおにぎり買ってきな」と一〇〇円玉ひとつを渡された。

お金を持ったことがなかったので嬉《うれ》しかった。街灯の明かりしかない薄暗い道が怖かったが、我慢して買いに行った。

お金が足りなかったのか、店員は最初「ダメダメ」と言うばかりだったが、奥から出て来たひとが「こんな夜遅くかわいそうだ。ほら、落とすんじゃないよ」と掌《てのひら》に包みこむようにして渡してくれた。

帰ったら母はいなかった。母が留守のことはしょっちゅうだったから不思議に思わなかった。おにぎりを食べたら眠くなり、起きても母はいなかった。その後もずっと帰って来なかった。

食べるものがなくて家に置いてあったティッシュペーパーを食べたこともある。飲み込もうとしたら喉に詰まってむせた。

おなかがすいてアパートの入り口で指をなめながら長いこと、座っていたら、アパートの隣に住んでいたおじいさんとお巡りさん、女のひとがやってきて「パパは？　ママは？」と聞かれ、黙って首を横に振った。

おじいさんが「親に置いてきぼりにされたんだ。かわいそうに。何も食べとらんじゃないか」と言った。

そのあと、女のひとに抱かれて車で病院へ行った。あとは断片的にしか覚えていない。気がついたら、一時保護所を経て児童養護施設若葉苑にいた。大ぜいの子どもがいた。風呂に入って洗ってもらったのに「くさい」、「そばに寄るな」と言われた。

ゆかりという名前の同じ年齢の子がいた。

顔が赤っぽく、髪の毛が縮れていて丸顔で左手の指が三本しかない。言葉より早く手が出てよくケンカをしていた。男児たちから「さんぼん指」と囃《はや》し立てられると、殴りかかったり、髪の毛を摑《つか》んでけっして離そうとしなかった。

食事をしている最中に突然、おかずのコロッケを盗《と》られたことがある。美沙がびっくりして泣き出すと、職員が飛んできてゆかりを注意して叱ったが悪びれた様子もない。職員に促されてもきつい目をして口を曲げるようにしたまま謝らなかった。

それ以後も、職員の目がない所で、何もしないのに小突かれたり足を踏まれたりした。そんなとき、きまってにやにや笑いながら「ミサのバカ」と言った。

四人部屋でベッドの上が美沙、下がゆかりだった。冬、寝ていて寒いと目を開けると、掛け布団が床に捨てられていた。

見回りの職員が来たとき、泣きながら訴えたが、それ以後も同じようなことが続いた。

そのゆかりは、小学校の入学式がもうすぐというとき、母親が迎えに来て苑を出て行った。青白い顔の痩せたひとで、子どもの目から見ても寂しそうな雰囲気で服装も地味だった。母親のうしろにチリチリ頭の大きな男性がいて、耳だけでなく鼻にもピアスをしていて、動くたびにそのピアスが光った。

「ママが迎えに来た。新しいパパもいる。ママはお金持ちになったから迎えに来てくれたんだ。ママと一緒にいると幸せになれる。ミサはママが来ないね」

ゆかりは勝ち誇るような顔をした。

そのゆかりが母の交際相手に殺されたという噂《うわさ》を聞いたのは、その三か月後だった。

「テレビで見たよ」

「ずっと殴られていたんだって」

「ランドセルも買ってもらえなくて、学校も行ってなかったんだよ」

食堂の隅で上級生たちが集まってひそひそ話をしていた。

なかには「いい気味だ。あんまり横着だからバチが当たった」と喋《しゃべ》る子もいた。

テレビ局の腕章をつけた男性が数人、カメラを持って苑の玄関前で職員と押し問答をしていた。

美沙も下校途中の公園にさしかかったとき、若い女性に呼び止められたことがある。

「ゆかりちゃんのこと教えてくれないかな。一緒に遊んだことあるでしょ」

何本もの大きな樹《き》が濃い緑の葉を繁《しげ》らせていて、女のひとの顔が日差しで影になると、テレビのアニメで見た恐ろしい魔法使いに見えた。美沙は怖くなり苑まで走って逃げた。

ゆかりはあんなに喜び、母に連れられて行ったのに、死んでしまった。殺されたそうだから、殴られたり蹴られたりしたのかもしれない。美沙は母に叩かれた頭の痛みがぶり返した気がして、思わず両手で頭を庇《かば》った。

ゆかりとの思い出はイヤなことばかりだ。お皿に分けて配られたおやつのビスケットや煎餅を盗られたことはしょっちゅうだったし「ミサのバカ」といつも言われた。

ゆかりは幸せになれなかった。

絶えず威張っていたのに、おとなの前では一方的にやられた。

幸せは親と一緒に住むことではないのだ。苑にいる子どもはみんな父や母を慕い、求めるが、そうではないのだとよくわかった。なんだか体中がひりひりしてきて、ほかの子のように、いい気味と思えない。

父を知らなくても母の顔を忘れてもいいのだ。その方が殺されずにすむ。

幼い美沙が考えついた結論だった。

成長してから親に棄てられたということがわかったが、殺されるよりはましだと思った。

ひと見知りが激しく、苑長先生と特定の職員以外には打ち解けられなかった。

成績も良くなく、高校を出ていないと就職できないと言われ、かろうじて偏差値の低い高校を卒業した。高校を卒業すると苑を出て行かねばならない。

就職試験を何回も受けたが駄目だった。保証人がいないこともネックのひとつで、苑長先生が保証人になることで、ようやく寮のある食品会社に入ることができた。

苑長先生は心配だったのか、電話をかけてきて様子を訊《たず》ねたり、面会に来たこともある。休みには苑へ遊びに来るように言った。

しかし、学校で施設の子と言われてずっと仲間はずれにされた。トイレの個室に閉じ込められたり、靴を隠されて裸足で苑へ帰ったこともある。若葉苑とは縁を切りたかった。

施設出身者であることを会社のひとたちに知られたくなく、関わりを持ちたくなかった。会社が休みのときはひとりで過ごすことが多かった。若葉苑には一度も顔を出したことがない。

食品会社が倒産して寮を出なくてはいけなくなり、今、住んでいるアパートに入るとき、保証人の代わりに保証会社を利用したが、緊急連絡先が必要で、苑長先生にお願いした。

「お安い御用よ」

苑長先生はいつものように明るい声で応じた。喫茶店で署名して押印したあと、スパゲティをご馳走《ちそう》してくれた。

「せっかく入った会社だったのに残念なことになっちゃったわね。でも、またいいこともあるから元気出しなさいよ」

それが最後になった。

まもなく苑長先生が急逝した。くも膜下出血だった。血圧が高く、仕事が忙しいうえに高齢の母親を介護していたので、過労死でないかと言われた。

「最初の給料で、喪服を買いなさいね。社会人になるとお葬式に行くことが多いから、恥をかかないように」

苑長先生に言われたことを守って、初任給で喪服を買った。

職員から連絡をもらったが、通夜も葬儀も行かなかった。苑長先生のことは好きだったし、別れは哀《かな》しい。でも、苑のひとたちとは会いたくない。自分だけでお別れすると決めて、スマホで検索すると合掌することが書かれていたので手を合わせた。

「苑長先生、さようなら」

声に出して呟《つぶや》いた。

まだ一度も袖を通したことのない喪服はハンガーにかけられて壁にある。喪服が必要なほど濃い人間関係はまだできていない。そもそも正職員でない自分が、たとえ職場のひとの不幸があったところで葬儀に行くなんてことはあり得ない。

苑長先生の言いつけを守って買ったが、ときどき高い買い物だったかと考えてしまう。

自分のことを心配してくれるひとがいなくなり、その存在の大きさに気がついた。

そのとき、これからは本当にひとりで生きていかねばと思ったのだった。

呑兵衛で春香と会った。コロナがなく、これからも一緒に働けたら、春香ともっと距離が縮まり、困ったことがあれば相談できる仲になったかもしれない。

　春香とのやり取りを思い出す。

「もう帰るね。今日はありがとう。割り勘にしよう」

　美沙は一〇〇〇円札を出し、お釣りをという春香に「お釣りはいいよ。焼きうどんを作ってもらった代金」と言った。

「じゃあ、そうするね。なんだか私の話ばかりしてごめんね。なにか困ったことあったら、私で良ければ相談してね」

「ありがとう」

「明日から仕事探し、頑張ろう」

「うん」

　春香はアパートの玄関まで見送ってくれて、手をいつまでも振った。


　湿り気のある冷たい風が吹いている。黒い雲が空を覆っている。雨が降るのだろうか。

　美沙は午前中、何件か電話をした。求人はすでに決まった所が多かった。ようやく面接をとりつけた飲食店「ワンダフル」は、時給一〇〇〇円のパートだ。面接すると言われ、履歴書を持って向かった。

　N市の繁華街にあるその店は、低価格で味もなかなかいいと評判でかなり繁盛している。スマホを見ると好意的な評価が並んでいる。しかし、春香に言わせると、店自体が書くヤラセもあるからそのまま信じてはいけないそうだ。

パートだが、きちんとした勤務先が見つかるまでのつなぎと考えることにした。今は一日も早く勤めたかった。

店長は顔が大きく太い眉と首をした男性で、履歴書をざっと見たあと訊ねた。

「今日からすぐ働けるかね。接客だけでいいから。様子を見て本採用する」

「あ、はい。お願いします」

美沙の返事を聞くと、すぐチーフを呼んだ。美沙とさして年齢が違わないような女性で、色白できれいに茶色の眉を描き、ふちなしメガネをかけている。

「いろいろ説明してやって」

店長は忙しそうにすぐ席を立っていった。

チーフは茶色の帽子をかぶりマスクをしているから表情はよくわからないが、キビキビした態度でいかにも有能そうだ。

営業時間は一一時から二一時。酒の提供は二〇時まで。美沙の勤務時間は一五時から二一時半。交通費は一日四八〇円まで支給、今日はラストまで働くこととよどみなく説明した。

美沙は客の注文を受け、運ぶ担当だ。帽子をかぶり制服を着るように言われた。

「その前髪、自分で切ったの？」

「えっ……、はい」

「ここで働きたいなら美容院でちゃんとしてきてください」

えっ、と驚く。呑兵衛ではバンダナをしていたが注意されなかった。髪は帽子を深く被れば見えない。時給は高くないのに、そんなことまで要求するのか。それともそれが常識で自分が知らないだけなのか。

「どこで働いてきたかしれないけど、ここは一等地、繁華街です。お客様が気分を害することはしないようにね」

思わずすくむ。

「……」

「返事は?」

「ああ、はい」

学校の教師みたいと思いながら、大急ぎで返事をした。

受け持つエリアは四人掛けテーブル席が六組。席には客が自分で注文するタブレット端末が備えてあるが、店員に直接、注文することもできる。その際はハンディターミナルに打ち込む。呑兵衛とほぼ同じシステムだったからほっとした。

入り口には体温測定機や消毒薬が置いてあり、チーフが客のマスク着用をチェックする。透明のアクリル板を設けていて、客が帰れば、すぐテーブルも椅子も消毒する。

メニューと今日のおすすめのチラシを繰り返し読み、頭に入れた。

夜のシフト店員は美沙を入れて三人。簡単な打ち合わせのあと、美沙は紹介された。

全員が帽子にマスクだから、顔がよくわからない。エプロンに平仮名で書いてある名札をつけている。

コロナ禍のもとでも酒を呑《の》みたいのか、客は途切れずやって来る。間違えないように落とさないようにと緊張しながら応対していると、チーフがやって来て顔を近づけた。

「いらっしゃいませとありがとうございます、またお越しくださいませの声が小さいわよ」

メガネの奥の目がきらりと光った。

「あ、はい」

ようやく営業が終わってほっとする間もなく、あと片付けと消毒、掃除が待っていた。

新しい職場で緊張したのか、服を着替えると、どっと疲れが出てきた。

同僚のふたりは「お先にぃ」と声をかけて素早く更衣室を出て行った。

外へ出ると小雨が降っている。コロナの影響で飲食店が早く店じまいをするせいか、繁華街というのに、ネオンの輝きも人通りも少ない。持ってきて良かったと思いながら折りたたみ傘を広げると、軒下にさっき出て行った黒いダウンコートを着た女性がいた。

「新入りのひとね。地下鉄のS駅まで行く？」

「ええ」

「良かった。傘を忘れたから入れてって」

女性は返事を聞かないうちに並んで歩きだした。背が高く肩幅ががっちりとしていて大股で歩く。四〇代後半だろうか。

眉を濃く描き、目が大きく鼻が高い。エキゾチックな雰囲気がする。

「私、原田。はらっぱの原に、たんぼの田。平仮名でめぐみ。ちっとも恵まれてないから名前負けよ。店長とチーフは夫婦だから悪口言うとすぐ伝わるから気をつけた方がいいわよ。給料安いから早く辞めたいけれど、コロナで今、どこも大変だから我慢してるの」

原田はせかせかと早口で一方的に喋り、S駅が見えてくると「じゃあね、ありがとう」と駆け出した。

待遇が悪くても今は仕方ない。仕事があっただけましかもしれない。原田と同じように我慢するしかない。

雨が急にザーと激しく降り出してきた。自分は、なんだかいつも見通しの悪い雨の中を歩いているような気がして心が塞いだ。

第三章　ワンダフル

格安ヘアカット店の鏡に映る美沙は長い髪を切り、耳のあたりまでのおかっぱにしたせいか、すっきりとして見える。

若葉苑《わかばえん》ではほとんどの子がショートヘアにしていた。手入れがしやすいし、シャンプーのときすぐすむ。今考えると、水道代やシャンプー代を抑えるためだったのではないかと思う。

小学生のとき、同級生はほとんど髪を伸ばしていた。リボンをつけたり、髪飾りをいくつも留めておしゃれを競っていた。

美沙もロングヘアにしたかったが、無料で髪を切るボランティアの美容師に「ここでは全員、短くするのが決まりだから」と言われて長くすることができなかった。

就職後、あこがれていたロングヘアを目指して伸ばしたが、きれいに整えるにはときどき、美容院へ行き金をかける必要がある。自分で切ったり長くなった髪を縛っているだけではいけない。やはり、格安のヘアカット店でも専門家にまかせた方が良いのだ。

短くなったことで少々寂しい気もするが、幾分、若く見えるのではないかと思いながら、料金を払った。

中年の男性理髪師は最初から最後まで不機嫌そうな顔をしてひとことも喋《しゃべ》らず、一二〇〇円を受け取ったときだけ軽く頭を下げた。

コロナ不況のせいで美容院や理髪店に行く回数が減り、閉鎖した店もあるそうだ。このひともひょっとしたら失業したか、自分の店をたたんだのかもしれないと考えながら店を出た。

格安へアカットと看板のある店の前には、店が狭いため、どんよりとした寒空のもとでもコロナ禍を避けて三人が順番を待っている。

近くのスーパーのトイレに行き、しげしげと鏡を見た。切った髪が少々、額に張り付いていて、急いで払いのける。

ひとりあたり一五分程度しか時間をかけないから、大雑把な接客だ。

昨夜、帰宅してから大下春香に「仕事、決まった」とメールしたら、すぐ「良かったね」と電話があった。ワンダフルのことを話したついでに、チーフから美容院へ行くように言われたとつい、愚痴を言った。

「いやぁ、チーフの言うこと、大事なことかもしれないよ。客相手だからね。それに繁華街にある飲食店だから、呑兵衛《のんべえ》とは客層が違うと思う。言いにくいことを言ってくれたと感謝したらどうかな」

「……」

イヤミを言われたと一緒に怒ってくれるかと思ったら、反対に諫《いさ》められた。そういう考え方もあるのかもしれない。

「美容院は高いけど、格安へアカット店は一二〇〇円だよ。そこへ行ったら？」

「ああ、そうだね」

「あのね、怒らないでね」

「え？」

「美沙さんはいい所いっぱいあるけど、ときどき、宇宙人みたいだよ」

「え、どういう意味？」

「この地球に住んでいるひとではなくてどこかの星に住んでいるみたい」

「よけいわからないわ」

「普通の常識を知らないとか、あるでしょ。ほら、店長のお父さんが亡くなって葬式があって、みんなで香典出したとき……」

「……」

美沙が呑兵衛に入って一か月ほどした頃、店長の父親が亡くなり、香典を出すことになった。美沙は働きだしたばかりだし、知らないひとだから出さないと言ってひんしゅくをかった。いや、ひんしゅくをかっていることに気がつかなかった。

春香に「出した方がいいよ」と説得されてしぶしぶ出す気になり、一〇〇〇円札一枚を取り出した。

そのとき、あの派手オバサンが大声を出した。

「あんた、いい年して常識を知らんな。今どき、一〇〇〇円なんてないで。ひとり三〇〇〇円出すんよ」

そうだ。自分は世の中のことを知らない。若葉苑では、世の中の決まりごとは知らなくても、たいていのことは職員がやってくれて、暮らすことができた。

初めてアパート生活をしたとき、ゴミ出し方法や回覧板の扱いも知らなかった。ユニットバスの使い方も教えてもらったが、間仕切りのビニールカーテンを使うことを忘れて、バスの床を二回も水浸しにした。

食事を作るとき量がわからず、カレーを多めに作りすぎて三日続けて食べた。トイレットペーパーやティッシュの補充もうまくできなかった。

若葉苑は考えようによっては温室だったのだ。職員が作った厳重な囲いの中で暮らしていたので、嵐がきたりひどい風が吹いても守られていた。小学校入学前から高校を卒業するまで一〇年以上過ごした生活環境が普通と思っていた。

チーフが言ったことは一般社会の常識だったのか。

親しくなった春香にも児童養護施設で育ったことは話していない。不思議なひと、どういう育ち方をしたのかと思われていたのかもしれない。

一瞬、美沙はぼんやりした。

「もしもし、聞いている？」

「……ああ、はい」

「私、あのとき、美沙さんに教えようとしたけど、気にさわるかなと思って黙ってた……。でも、これからは気がついたら言うわね。早速だけど、明日、チーフにこれで如何《いかが》でしょうかと髪を見せて、ご心配かけましたと挨拶《あいさつ》したらどうかしら」

春香のやさしいもの言いが素直に心に響く。

「……ありがとう」

「それと、目を見て話した方がいいわよ。下を向いてるとなんだかいい加減に思われるかもしれないからね」

こんなことは誰にも言われたことはない。春香は美沙がいつも下を向いてぼそぼそ話すのを気にしていたのか。

「……春香さん、アドバイスありがとう」

「ふふ、良かった。聞いてくれて……。私は総菜店へ頼みに行ったけど、人手が足りていると断られた。コロナでクビになったひとが多いから奪い合いよ。清掃の仕事は返事待ち。美沙さんはせっかく決まったんだから仕事頑張って。頑張ってね」

春香は、頑張ってを繰り返した。

出勤してすぐチーフを捜した。

隅のテーブルで「今日のおすすめ料理」と書いた紙を点検している。

（しっかり言おう）

「昨日はすみませんでした。髪の毛切りました。これでどうでしょうか」

自分にハッパをかけて、春香に言われたようにまっすぐ目を見て話した。チーフはじいっと髪型を見た。切れ長の目がキラリと光った気がした。

「いいわよ、よく似合っているわ。ステキよ。その調子でね」

言いながら微笑んだ。昨日の固い表情はどこにも見えない。

春香の言った通りにしたら、チーフがやさしい言葉をかけてくれた。

（春香さん、ありがとう）

心の中で春香に向かって呟《つぶや》いた。

テーブルを消毒していると、原田めぐみが出勤してきた。

「あ、髪切ったね」

目ざとい。

「若返ったね」

言いながら、ヒヒと変な笑い声をたてた。

「は?」

「チーフに言われたんでしょ。新人は入ってきたときに、必ず何か言われる」

「えっ」

「言うこと聞くかどうか見るのよ。聞かないといちゃもんつけてすぐクビ」

原田は首を切る真似をした。

「桐山《きりやま》さんは第一関門、合格だよ」

「原田さんは何を言われたんですか?」

「ネイルは駄目ってさ。すぐ消したわ」

また、ヒヒと笑った。

客は酒を目当てに来るひとが多い。酒は午後八時までしか出せないから、ピッチをあげてビールを呑《の》む。間違えないようにと呪文を唱えるようにして運ぶ。

「おねえさん、まだかい。あっちのグループの方が早く来てるぜ。酒は八時までだろう。呑まないうちに店が閉まっちゃうよ」

中年の男性四人が顔を赤くして追加のビールを催促する。

「少々、お待ちくださいませ」

走るようにして運ぶ。途中から、担当を持たないチーフも応援に入った。

「もうじき、外で酒も呑めなくなるかもしれんぞ」

「そうだな」

「早く、コロナが終わらないかな」

四人組はひとしきり呑むと、ようやく満足したらしく帰っていった。

考えてみたら金曜日だ。自宅で仕事をするひとが増えているようだが、「今日は会社に出勤」という会話も聞こえてきたから、ときどきは会社で仕事をして、その帰りに仲間で飲食をするのだ。

こういうひとがいなくなると呑兵衛のように閉店になり、自分も失業してしまう。早くコロナが終息してほしいと美沙も思った。


「ねえ、悪いけど、三〇〇〇円貸してくれないかしら。財布忘れて帰りに買い物できないのよ」

更衣室で着替えていると、原田が声をかけてきた。目の下に黒い隈《くま》ができ、顔もどす黒い感じがする。背が高く、小柄な美沙は見下ろすように言われると威圧感を感じる。

もうひとりの赤木という女性は「疲れたぁ、お先にぃ」と帰ってしまった。

「三〇〇〇円?」

自分にとって三〇〇〇円は大金だ。まだ二週間しか一緒に働いていないのに、借金を申し込むとは馴《な》れ馴れしいのではないか。

苑長先生が、苑を出るとき、借金をしてもいけないし、貸してもいけないと繰り返し言っていたことが頭をよぎった。

「貸したら、返ってこないと思いなさい」

いつもはやさしい苑長先生の厳しい口調が蘇《よみがえ》る。

「銀行のカードで引き出したらどうですか」

自分でも思い切ったことを言うと思いながら返事した。

「財布にカードが入ってるのよ。必ず明日返すわよ。これ、担保に預けるわ」

原田は左腕にはめていた腕時計をさっとはずすと、美沙に差し出した。

「いえ、そうじゃなくて……」

なんと言って良いかわからず、どぎまぎする。

「お願いっ、お願いっ、今度、あなたが財布忘れたら貸すから」

原田は、大袈裟《おおげさ》に手を合わせてお辞儀した。

「……」

「いつも夜中にしか帰ってこないダンナが、今日は早く帰るってメールがあったから、急いで買い物して晩御飯作らなくちゃいけないのよ」

それが借金とどう結びつくのかよくわからない。そのうちに原田の話すことが頭を素通りしていく。

美沙は面倒なことが起きたり話が複雑になると、頭に入ってこなくなる。

原田が肩をがっと摑《つか》んで「お願いっ」と叫んだとき、美沙は財布から三〇〇〇円を出していた。

原田が時計を素早く自身の腕にはめるのをぽかんと見つめていた。

翌日、原田が無断欠勤した。

チーフが電話をしたがつながらない。切断されている。

更衣室を入ったすぐの壁に赤いマジックで大きく書かれた貼紙がある。

〔無断欠勤は罰金五〇〇〇円　遅刻は罰金一〇〇〇円〕

入ったその日に驚いて、原田に「あれ、なんですか？」と訊《たず》ねたら「書いてある通り。以前、無断欠勤と遅刻が多くて困って、罰金とったら良くなったんだって」と答えた。

面接のとき説明された気がしたが、よく覚えていない。

その罰金を原田は払うのか。五〇〇〇円も払うと時給五時間分だ。

原田のことより、貸した三〇〇〇円が重くのしかかる。このまま原田が来なくなり、三〇〇〇円を返してもらえなかったらどうしよう。

（苑長先生の言っていたことは本当だ。貸したら返ってこない。三〇〇〇円あれば数回は食事ができる。金が戻ってこないと……）

注意力が散漫になり、ハンディターミナルに注文を間違えて打ち込み、客にひどく叱られ、厨《ちゅう》房《ぼう》にも「いい年してなにやってんだ」と低い声だが舌打ちされた。そのうえ、生ビールを運んでいて落としそうになった。

「急がなくていいから落ち着いて」

原田がいないので代わりにエリアに入ったチーフがさっと横に来て囁《ささや》いた。

チーフは忙しくてもけっして慌てない。バレリーナのように軽やかに動き、テキパキと歩き回る。どうしたらあんな動きができるのか。美沙は自分はとうていできないと思いながら客席を駆けずり回った。


原田に連絡がつかないまま終業時刻になった。

「お疲れさま。これ、家で食べて」

チーフがビニール袋を差し出した。

「原田さんがいなくて大変だったからこれ、お礼」

「え？」

「ひじきご飯と野菜添え白身魚のレモン蒸しよ。店長が作ったからおいしいわよ」

店長はシェフを兼ねている。

「ありがとうございます」

この料理は女性に好評で、今日も注文が続いた。それを食べられるかと思うと嬉《うれ》しい。

今まで、いろいろな居酒屋や飲食店で働いたことがあるが、こんな風に扱ってもらったことはない。体は疲れているが、じんわりとした温かなものが溢《あふ》れてくる。

「明日もよろしくね」

「はい」

気がつくと、自分でも声に張りがある返事をしていた。

外へ出ると、細かな雪が降っていて、みるみるうちに道路を白くしていく。寒い。リュックから激安量販店で買った毛糸の帽子を取り出してかぶる。今日は湯豆腐やしゃぶしゃぶ鍋がよく出た筈《はず》と思いながら地下鉄までの道を急いだ。スニーカーに雪が沁《し》みてくる。靴はこの一足しかない。明日までに乾かさねばならない。

新聞紙かティッシュを丸めて入れて水分をとる方法がスマホにあった。新聞は購読していない。ティッシュは節約して使っているから乾かすために使いたくない。地下鉄の駅に無料のマンション販売誌が置いてあった。三部取ってリュックに入れた。何回も紙を替えれば乾くのではないだろうか。


「はい、三〇〇〇円。ありがとね」

翌日、原田が財布から折りたたんだ三〇〇〇円を差し出した。なんだか元気がない。目の下の黒い隈はいっそう濃くなり、顔が赤っぽい。左眉のすぐ上に絆創膏《ばんそうこう》を貼っている。

「どうしたんですか？」

「うん、ちょっとね……」

今日はヒヒ、と笑うこともしない。ときどき、絆創膏に手をやっているから痛いのかもしれない。雪が降った日、どこかで転んだのだろうか。

美沙は三〇〇〇円が戻ったことに心底、ほっとした。美沙にとって三〇〇〇円は大金だ。

（もう二度と貸さない）

原田はチーフに呼ばれてしばらく事務室にいたが、出て来ると大きく溜《た》め息をついた。

「あーあ、いいことちっともないね。こんなとこ、給料安いし早く辞めたいけど、今、コロナで転職も大変だからね」

「罰金をとられるのになぜ連絡しなかったんですか？」

「母が倒れて病院について行ったから連絡できなかったのよ。本当かどうか何か証明するものがあるかと言われてさ」

「お母さん、大丈夫ですか？」

「うん、なんとかね」

チーフが事務室から出て来たので、原田は口を噤《つぐ》んだ。

原田の動きはいつもに比べのろのろしていて、客に注文の品を運ぶときもゆっくりだ。

「あっ」

声がしたと思うと、原田がずしんと腰から転んだ。お盆に載せていた刺身やサラダが音を立てて落ちた。立とうとするが、手を泳がせるようにしてまた滑り落ちる。

美沙はほかの客の注文を受けているところだった。

チーフが駆け寄っていって起こそうとするが、体格の良い原田は重いのか動かない。店長が厨房から出て来てようやく起こした。腰が抜けたかのように足に力が入らない様子で、店長に肩と腕を支えてもらいながら事務室へ入って行った。

チーフが客に頭を下げながら、床に散らばった食べ物を片付けた。

美沙は原田が事務室から出て来ないのを気にしながら料理を運んでいると、救急車のサイレンが近づいてきた。

「桐山さん、ここ、お願いね。原田さんの具合が悪くて私が病院へついて行くから」

チーフが小声で囁くとさっと事務室へ入って行った。

「病院?」

細かいことを訊ねている暇もない。店長は厨房に戻って料理を作るのに忙しい。裏口の方から救急車が去っていく音がする。

客は絶え間なくやってくる。

チーフが担当しているレジもしなくてはいけない。レジが苦手の美沙は逃げ出したいが、赤木は「私、やったことがないから。あなたは若いからできるでしょ」と手を出さない。焦らないで、慌てないでと自分に呪文をかけた。それでもお釣りを間違えて、客に「違う」と叱られた。

チーフが戻って来たのは、閉店して美沙と赤木が帰る用意をしているときだった。

「ありがとう。ふたりとも大変だったでしょ」

ねぎらいの言葉をかけたあと、自分に言い聞かせるように続けた。

「しばらく入院よ。一緒に住んでいるひとにひどく殴られて内臓がやられてるらしいわ。今までも暴力受けてたのよ。無断欠勤も絆創膏もそうだったのね」

「ダンナと言ってたひとのことですか？　年下のいい男だと結構のろけていたのに暴力を受けてたなんて……」

赤木が驚いたように呟く。

「原田さんは衰弱していて熱も出てきたの。出勤したとき測ったら平熱だったのにね。男のひとは警察に事情聴取されるらしいわ。こんなひどい怪我《けが》をしてるんですものね」

「警察？」

春香のことが浮かんだ。暴力をふるわれて子どもと一緒に逃げて来た。

「そんな男とは早く別れたら良かったのにねぇ……、私もいろいろあったけど、若い頃に気がついて正解だったわ」

赤木は目をくるくるさせると、歌でもうたうような明るい口調で言った。六〇代前半だろうか。今はとてもそう見えないが、以前は苦労をしていたのだろうか。

原田は大丈夫だろうか。入院するくらいだから怪我はひどいようだ。殴られても一緒に暮らすなんてどういうことか。

電話が鳴った。チーフが出た。

「ワンダフルでございます。あ、はい、原田さんの具合は如何ですか」

原田が入院した病院からのようだ。声が低くなり、「はい、はい」と聞いている。

電話を終えるとチーフが震えそうな声で言った。

「原田さんが怪我だけでなくコロナにかかっているって。私たち、濃厚接触者なのよ」

「本当か。こんなに消毒したり気をつけているのに。なんということだ」

厨房から出て来た店長が声を張り上げた。

コロナ。原田さんが……。

自分も罹患《りかん》していたらどうなるのか。美沙は思いがけない事態に頭が空っぽになり、立ち尽くした。

第四章　仕事探し

「従業員がコロナにかかったとあれば客は離れるからね。しばらく休業する。今後どうなるかわからないから、悪いが辞めてもらうよ」

店長が力なく言った。客が帰ったあと店の照明を一部落としているせいで、口だけが動いているように見える。

「短い間だがよく働いてくれたのに悪いね」

思いがけないやさしい言葉だ。

しかし、また失業してしまった。新しい勤め先を探さねばならない。せっかくワンダフルに慣れたのに残念だ。

（自分もコロナにかかったらどうしよう）

原田のコロナ罹患《りかん》で美沙は不安になった。保健センターから、七日間、買い物で外出する以外は自宅待機するように連絡があった。

毎朝、体温を測り、どきどきしながら確かめる。幸い平熱で咳《せき》や鼻水も出ない。買い物に行くのが怖くて、食事はご飯を炊きみそ汁を作った。おかずは買い溜《だ》めしていた缶詰を少しずつ食べた。

三月に入ったのに朝から雪がちらつき、しんしんと冷える。家賃が安いからと北向きの部屋を借りたが、今日のように寒いとこたえる。温水を入れたペットボトルを三本、布団の中に入れ、重ね着して潜り込んでいるが、とても寒さをしのげない。風邪をひいてはいけないと思い切ってエアコンをつけた。部屋がじわじわと暖かくなる。同時に、収入もないのに暖房をつけていては暮らしていけないと気が揉《も》める。

心配なのはスマホに充電してもすぐ切れることだ。今のスマホは三年前に買ったものだ。もう古くなったのだろうか。買い替えしなくてはならないとなれば金が必要だ。

スマホがないと仕事探しもできないし、仕事に関わる連絡はメールでくるから必需品だ。このままコロナに罹患せず、早く仕事が見つかることを願うばかりだ。

外出を控えているため、スマホでハローワークの求人情報を見る。

学校の成績も悪く、テキパキと動くこともひとづき合いも苦手でうまく喋《しゃべ》れない。パソコンもワードはゆっくりだとなんとかできるが、エクセルはむずかしくて歯がたたない。そんな自分にどんな仕事があるのだろう。

幼い頃すぐ頭を叩《たた》かれたから、もの覚えが悪いのだろうかと、今では顔もはっきりしない母を恨みたくなる。

正職員は何らかの資格が必要だ。たとえ合格しても保証人が必要で、美沙にとってハードルが高い。

介護関係の仕事が多いが介護を学んだことがなく、介護に関する資格がないから無理だ。飲食店のホールスタッフは慣れているが、コロナ禍で求人が少ない。

清掃の仕事も目につく。一度、やったことがあるが、重い機械を使うため腰や腕が痛くなり辞めた。スーパーや公共施設ならトイレ掃除が主だからできるかもしれない。しかし、短時間勤務が多く収入が少ない。

早く仕事を探したいが、はたして生活できるだけの勤務先が見つかるだろうか。

胸の中でどす黒い波が音を立てて渦巻き、ひたひたと押し寄せてくる。

ひゅうひゅうと窓を叩く音がする。雪まじりの風が出てきて雪がくるくる舞いながら空を駆けめぐり、窓にあたった。風がゴォーと音を立てた。


原田はどうなったのだろう。

コロナが重症でなければ良いが、治っても後遺症はないだろうか。暴力をふるう男と別れるのだろうか。背が高く、くっきりした大きな目。大股でさっさと歩く原田の姿が浮かぶ。とても暴力に脅《おび》えて暮らすひとに思えなかった。

「お金を貸して」と言ったとき、男との間に、なにか切羽詰まったことがあったのだろうか。

美沙は初めて就職した食品会社で、同じ工場の男と親密になったことがある。

男は美沙たちを監督する主任だった。大柄で見栄えが良く、着ている服装の趣味も洗練されていた。いつも柔らかな笑みをたたえ、言葉遣いも丁寧でやさしかった。

工場の宴会のあと誘われてスナックに行き、それからときどき会うようになった。

初めてラブホテルへ行ったとき「美沙さん、初めてだね。大丈夫だよ。まかせなさい」と肩を包み込むように抱きながら言った。緊張で体が硬くなり、男の言うままになった。

「今までいろんなひととつき合ったけど、美沙さんが一番いい」

美沙はそれまで男性とつき合ったことがなかったから、そんな甘ったるい言葉を信じて夢中になった。

その後、何回も会ううちに、手持ち金が足りないからとホテル代は美沙が出すようになり、多くもない給料から貯めた金が底をつく頃、男は突然退職して連絡がとれなくなった。

「何人もの女性をたぶらかしていた」

「投資と言って金を巻き上げられて、会社に訴えたひとがいた」

「妊娠して中絶した」

「妻子持ちだった」

いろいろな噂《うわさ》が聞こえてきた。

「美沙さん、あなたも騙《だま》されてたんじゃないの。貯金を巻き上げられたひともいるわよ」

ペットボトルの湯たんぽを教えてくれた先輩が、塞ぎこんでいる美沙を心配そうにのぞきこんだ。

「……」

誰にも知られていないと思っていたのに、わかっていたのか。恥ずかしさと騙されていた悔しさで顔がほてってきて、先輩の顔を見ることができず俯《うつむ》いたままだった。

「あいつは、おぼこくて世の中をまだよく知らない新人にやさしくして、自分に貢がせていた。犠牲者は多いよ」

世の中のことを何も知らなかった。美人でもなく、どことい って取り柄のない自分に近づいてくるのは魂胆があるとなぜ気づかなかったのだろう。心をくすぐられる言葉に酔っていた。妊娠しなかっただけ、暴力に遭わなかっただけ良かった。

先輩も騙されたのかもしれないと整った横顔を見た。これからは近づいてくる男性には用心しなければとそれ以後、男性とつき合ったことがない。


居酒屋呑兵衛《のんべえ》の同僚だった大下春香に電話した。

「えっ、コロナ? そりゃ、大変。仕事、せっかく見つかったのにね。私は、次男と末っ子が連続で風邪ひいて医者通い。コロナかと思って心配したわ。仕事探しができなくて無職のままよ。早く見つかると良いね」

子どもがいるから頑張れると言っていたけれど、半面、その子どもが病気になれば、自分の都合だけでは動けない。自分ひとりだけでも働いて暮らすのがようやくなのに、子どもがいることはとても考えられない。春香はよくやっていると感心する。

このまま、年をとってなんとか生きていくのか、そんなことを考えると寂しくなる。なんの楽しみもない。金がないから娯楽も考えられない。工場にいたときは映画を見に行くこともできたが、今はスマホを見るくらいしかない。なんのために生きているのだろう。むなしくなり、生きていることが面倒でイヤになるときがある。早く死ねたらどんなに良いだろうと、ふと考えてしまう。

父も母もいない。しかし、若葉苑《わかばえん》にいたゆかりが母に引き取られたのに殺されたことを考えると、肉親がいないのも良かったのかもしれない。


ようやく七日間の待機が終わり、異常がなかったためほっとした。

店長やチーフたちも大丈夫だったろうか。

コロナの影響が大きいことを今さらのように感じる。

スマホの電池量がなくなるのが早くなった。家にいることが多く、スマホを見る時間が増えたからだろうか。買い替えなくてはならないかもしれない。

久しぶりに外へ出て、地下鉄駅の近くにある携帯販売店に向かった。

先日の雪と打って変わった暖かな日射しが眩《まぶ》しいほどで、大きな家の塀から枝を伸ばした梅がほのかな香りを漂わせている。

制服の女子高校生たちがコートも着ずに、ときおり笑い声をあげながら歩いている。自分にも屈託なく笑える日がくるのだろうか。

重い気分で入った販売店の若い女性店員は、スマホを見ると冷たい声で言った。

「もう買い替えないと。機種変更をしないといけませんよ」

おそるおそる値段を訊《たず》ねた。

「一括支払いで七万八〇〇〇円。二回に分けると四万二〇〇〇円ずつです」

「五回ぐらいの分割はないですか?」

「ありません」

店員はぴしゃりとはねつけた。

貯金は四万円ほどしかない。分割するにしてもどうやって工面しよう。

持ち合わせがないからと店を出た。


アパートに戻る途中、金の工面を考えながら歩いているうち、いつも帰る道を逸《そ》れて、一軒家が立ち並ぶ道に入り込んでいた。

入り口にプリムラの大きな鉢植えを置いた木造の古びた家があった。掲げられている表札は微《かす》かに宮村と読める。

ピンクのプリムラが鮮やかに光を放っている。若葉苑でも春がくると庭の花壇で咲いていた。その明るさに吸い寄せられるように立ち止まって見ていると、格子戸がガラッと開いて、中から女性が出て来た。

（あ、派手オバサン）

思わず口にしそうになった。

真っ赤なコートを着て、紫色のつば広帽子をかぶっている。目のまわりを青く塗り、ラメがテカテカ光っている。前よりひと回り体が大きくなったようで、顔も真ん丸だ。

「あんた、見た顔やな」

相変わらず、乱暴な口の利きようだ。

「あ、はい、呑兵衛で……」

「ああ、そうか。こんな所で何しとんの？」

「あんまりプリムラがきれいなので……」

「プリムラ？　ああ、おかあちゃんが育ててるんだわ。そんなこと聞くとおかあちゃん、ものすごう喜ぶわ。ちょっと待っとって」

派手オバサンは大きな木が見える庭へ向かって叫んだ。

「おかあちゃーん、花が好きなひとがいるでぇ、庭、見てもらうでぇ」

しばらくして、家の裏手からほっそりした女性がやってきた。六〇代半ばくらいだろうか。一五〇センチの美沙よりも背が低い。白髪まじりの髪をアップにして、紺色の地味な着物に茶色の割烹《かっぽう》着《ぎ》をつけている。色白で細面。すっきりした鼻、やや切れ長の目。小さな口。派手オバサンと母娘《おやこ》とはとても思えない。

「なんやのん、大きな声出して」

女性は美沙に気づくと、丁寧にお辞儀をした。手に泥がついている。

「花の手入れをしてたので、マスクしてなくてごめんなさい。どなたさまでしょうか」

「呑兵衛で一緒に働いていたひと。プリムラをきれいやて褒めてくれたわ。それ聞いたら、おかあちゃん、喜ぶと思ってな」

「まあ、仕事が一緒でしたか。お世話になりましたな。この娘《こ》、がさつで、いろいろ迷惑かけたんと違いますか」

「いいえ、こちらこそ……」

「お花が好きですか?」

「きれいだなと思って見ていました。ここがおうちと知らなくて、すみません」

「狭いとこですけど裏にも花があります。良かったら見てください。ハナコ、ご案内して」

派手オバサンはハナコという名前なのか。どんな字を書くのだろう。

「ほな、こっちや。見たって」

ハナコは先に立って家の裏へ行く。

こぢんまりとした庭に緑の濃く分厚い葉を繁《しげ》らせた木が三本並び、大きな葉の間から陽《ひ》が洩《も》れて光っている。木の根元近くに濃いピンクのガーデンシクラメン、黄と白のフリージアが背伸びするように咲いている。

ぎざぎざの葉の間から小さな白い花が身を寄せ合いながら顔を出している。

「これは雪柳と言うんや。いっぱい、雪みたいな白い花が咲いてるやろ」

ハナコが白い花を指さした。雪柳という名にふさわしい。

「きれい」

「そやろ。今年は早く咲き出すようや」

母親が右足をひきずりながらやってきて、雪柳の向こうを指した。

「もうすぐチューリップも咲くんですよ」

「まあ！　チューリップ。全部、おかあさんが育てているんですか？」

「ええ、花が好きでね。花の世話をしていると気持ちが明るうなりますわ。ほら、ここに土の中からちょっとだけ芽が出てるのがありますやろ。冬の間厳しい寒さに耐えながら、春になったら咲こうと待ってるんです。健気《けなげ》でいじらしいですわ。冬に萌《も》えると書いて、ふゆもえ、と言うんですよ」

母親が掌《てのひら》に指で冬萌と書いて見せた。緑色の芽がほんの少し、顔をのぞかせている。

「人間も一緒ですなぁ。イヤなこと、辛《つら》いことがあっても、そこを過ぎたらきっといいことがありますわ」

冬萌。初めて知る言葉だ。私も今、冬の時期なのか。そのうちにいいことがあるのだろうか。美沙は緑色をした芽を見つめた。

「フリージア、たんとありますから、お切りするので持っていってください」

「えっ」

花など飾ったことがない。花瓶もない。母親はそれを察したようだ。

「花瓶がなかったらペットボトルに挿しとけば良いですよ」

「……」

ハナコと呼ばれる派手オバサンとは親しくない。たまたま会っただけなのに、花をもらっても良いのだろうか。美沙がためらっていると、ハナコが軽く腕をつついた。

「遠慮することないよ。おかあちゃんは花を育てるのも好きだけど、ひとにあげるのも好きやねん」

母親は花鋏《はなばさみ》と包装紙を持ってくるとフリージアを数本切り、根元を湿らせたティッシュでくるみ、素早く包装紙に包んだ。

「どうぞ」

「……」

「はよ、受け取ったって」

ハナコがまた、腕をつついた。

「はあ、ありがとうございます」

「良かったら、お茶を飲んでいってください」

「えっ」

お茶？　親切な申し出に戸惑っていると、ハナコが大きな声をたてた。

「あははは、おかあちゃんの趣味や。つき合ったって」

「ハナコ、あんたも一緒になぁ」

「ええで。おかあちゃんとふたりだけだと、気ぃ使うだろうから、あても飲んでから仕事行くわ。ところで、あんた、何て名前だった？」

「桐山《きりやま》美沙です」

「そうや、美沙さんって呼ばれてたなぁ、こっちや」

ハナコはくるりと背を向けた。格子戸を進んだ所に風情のある黒くくすんだ玄関があり、飛び石の傍らに名前を知らない花が赤いつぼみを見せている。

「入ってえな」

ハナコに続いて中に入った。土間は広くて上がり框《かまち》はつやつやとよく磨きこまれている。廊下を通って広い座敷に通された。

ハナコはコートをばたばたと脱ぎ、黄色のセーター姿になった。セーターには紫、赤、青の幾何学模様が施されている。

「出かけるところじゃなかったですか？」

「うん、また、キャバクラ行っとる。あんまり行きとうないけどほかに仕事ないで仕方ないわ。一時間くらい遅くなってもええよ。今、あんまり客が来んからな」

「ハナコさんは、どんな字を書くのですか」

「華やかな子と書くんよ。名前と大違いの外見やろ」

華子は片目を軽く瞑《つぶ》った。

「いいえ、いいお名前です。雰囲気とぴったりです」

「そうかぁ、ありがと」

「お待たせしました」

割烹着を脱いだ母親が座敷の襖《ふすま》をそっと開け、静かにお盆を持って入ってきた。

「お湯持ってくるわ」

胡坐《あぐら》をかいていた華子がガバっと立ち上がり出ていくと、母親が困ったように微笑んだ。

「ほんに騒々しくてすんまへんな」

華子がやかんを持ってきて母親の横に置くと、母親がお盆から茶道具を取りあげて抹茶を点《た》て始めた。

（え、抹茶？　あの苦い抹茶？）

一度、若葉苑のイベントで抹茶を飲んだことがある。苦くて飲み込むのに苦労した。

「おかあちゃんの趣味や。つき合ったたって」

正座に座りなおした華子が、悪ふざけがばれたときのような顔をしている。

小さな羊羹《ようかん》はおいしかった。

「おうすにしましたわ。薄茶です。お作法はなくて良いですよ。そのままどうぞ」

ほっとしてそのまま抱え込むようにして飲んだ。不思議だ。苦くない。まろやかだ。

華子が殊勝な顔で飲んだあと、鮮やかな手さばきで抹茶を点て始めた。

「ええですなぁ」

母親が作法通りに味わうと華子を褒めた。

「華子さん、お茶点てるの上手ですね」

「門前の小僧、習わぬ経を読むや」

「え?」

「おかあちゃんは茶道の師匠や。こまいときから見てたからイヤでも身についてしもたん」

「足が悪くなって長い時間、座っとれなくなって辞めましてな。今は自分の楽しみのために点てています。そやさかい、自分の好きなように飲んでいただければいいですよ」

母親はしみじみとした口調で言った。

いつの間にか胡坐の姿勢に戻った華子が口を開いた。

「美沙さん、仕事どこ行っとる?」

「飲食店に勤めたけど同僚がコロナになって、店が休業したのでクビになりました。今、探してるところです」

「そうかぁ、どこもかしこもえらいこっちゃな。あんた、キャバクラで働く気ぃあれば、うちの支配人に話したるよ」

「えっ」

「熟女キャバクラだから、若いひとはほとんどいない。客はじいさんばかりや。美人でないあてでも働ける。あて、もうじき四〇歳や。時給三〇〇〇円。あんたは最初、二〇〇〇円かな。ほんでもレンタルのドレス代や化粧品代がかかるからあんまり金にならんけどな」

「……」

「エッチなひともいるけど、うまくかわせばええよ」

水商売とは考えたこともない。酒を勧めたり自分も呑《の》んで売り上げをあげると聞いている。知らないひととの会話に相槌《あいづち》を打つことも下手だ。そんな自分ができるだろうか。

コロナ禍でひととの接触を注意しなくてはいけないのに、触れ合ったりして大丈夫なのか。

「酒呑めるん?」

「あんまり……」

「売り上げに影響するけど、イヤならノンアルコールでもええで」

「……」

「華子、そうせかさんで。美沙さんといわれたかな。自分が決めることですからなぁ、この娘、せっかちですから気にせんといてな」

母親がたしなめたが華子はとりあわない。

「どこもなかったら考えてみいな。長くやらんでも次の仕事が決まるまでだけでもええやんか」

美沙が返事に困っていると、華子が急に話題を変えた。

「あてとおかあちゃん、対照的やろ。あてのほんとのママはおとうちゃんの妹や。シングルマザーで、あてが小学校二年のとき乳がんで亡くなったんで、関西からこっちへ来た。ええおかあちゃんでな。かわいがってもろうて仲良うしてる。おとうちゃんは去年亡くなったんや」

外見やもの言いは正反対でも、やり取りを見ていると実の母娘のようだ。

「あて、勉強できんかったしガラッパチやろ。どこ行っても仕事長続きせえへん。呑兵衛で働ける思うたのにうまくいかん。キャバクラ行くのも好かんけど、仕方ないわ」

第五章　らぶらぶ

もうすぐ、キャバクラらぶらぶがオープンする。美沙はひと見知りで社交的でない自分に接客がはたして勤まるのか不安で、灰色のどんよりした気分に襲われていた。

薄暗い店内にミラーボールがピカピカ光り床に反射して赤や黄、紫と色とりどりの小さな粒を作る。じいっと見ていると吸い込まれそうだ。陽気な音楽がずっと鳴っている。

美沙はロングの肩紐《かたひも》ドレスを着て、華子に見栄えするからと言われて胸部に詰め物をした。小柄で痩《や》せているので肩を出すドレスは着たくないが、サイズが合うものは浅黒い美沙に似合わないピンクしかなかった。ほかの女性たちはミニスカートやバニーガール姿と華やかな雰囲気を醸し出している。ドレスはすべてレンタルで、費用は自分持ちである。

熟女キャバクラと宣伝しているだけあって、キャストと呼ばれる女性たちは三〇代後半か四〇代、そのうえの五〇代もいるようだ。あらわになった肩や腕にはしっかり肉がつき、胸の盛り上がりを競っている。

心細そうな美沙を見て、目のまわりだけでなく頬《ほお》にもラメを光らせ、分厚い唇に真っ赤な口紅を塗り、濃い化粧をした華子が肩を軽く叩《たた》いた。

「大丈夫やで。あてについておんなじことすればええよ。お客を楽しくさせればいいんよ」

華子が美沙の化粧をしてくれた。

普段はほとんど化粧をしないが、つけ睫《まつ》毛《げ》をして、小さな細い目を大きく見せるために目の上を青く塗り、ラインを長く描いた。口紅が光の照り返しでキラッと光る。長い巻き髪のウィッグに大きなピンクのリボンをつけた。客を迎える最初だけマスクをつける。

「こんなの恥ずかしい……」

「恥ずかしいくらいが丁度、良いねん。客はほとんどじいさんたちで、目もよく見えんからこれくらい派手にしないといかん。新しい子が入るとみんな喜ぶんよ。うまくいけばチップはずんでくれるかもしれん」

「……」

「チップくれると助かるで」

機種変更をして新しいスマホを持ちたい。電池量が異常に早く減ってきている。通話や連絡メールに支障をきたしたら仕事に差し支える。家賃や光熱費の引き落としがある。食費も必要だ。早くまとまった金が欲しい。

華子にキャバクラで働くことを誘われてからも乗り気になれず、求人情報誌とハローワークで探した。ハローワークで「これからも需要がある」と介護助手を勧められたが、介護経験がないため自信が持てず断った。

中華料理店の夕方から五時間の調理補助の仕事が見つかった。最初は野菜や肉を刻んでいたが、客が多くなるとラーメンを作るように命じられ、断りたかったが渋々従った。

見よう見まねで拵《こしら》えたが、客から「いつもと違う」とクレームがつき、店主は「役立たず。クビだっ」と怒鳴り声をあげた。

二階建てのパチンコ店の閉店後清掃の仕事があり、日払いが魅力で応募した。午後一一時からの一時間のみの勤務で一四〇〇円。割が良いと思い、三回申し込んだ。だが、広い店の床とパチンコ台、トイレの清掃と灰皿洗い、ゴミ回収を一時間で済ませられず、その倍も時間がかかり働き損になった。二階の清掃を担当した女性から「金をはずんでくれないから適当にやればいいよ」と言われたが、一階では店長がずっと監督していて、要領の悪い美沙は手を抜くことができなかった。

弁当作りの店では店長のセクハラがひどく、狭い通路ですれ違うと、きまって尻や腰をさわられた。同じ目に遭った若い同僚から「きゃあぁと大声を出すといい」と言われたが、その瞬間になると体が固まってしまう。二週間、我慢したが辞めた。

多くを望むわけではない。ただ、働きたいだけなのに、なぜ次々とこんな目に遭わなければならないのか。自分には普通の仕事がないのか。ハードルが高くて越えられない。帰り道、地下鉄駅のホームで波打つ心がおさまるのを待とうとしたが、涙が止まらなかった。

三月下旬にコロナ禍で出ていた飲食業への規制が一部とれたが、美沙が希望するホールスタッフはなかなか見つからない。失業したひとが大ぜいいて、同じように懸命に探していて奪い合いになっているのかもしれない。

緊張で喉がからからに渇きそうになりながら華子に電話して、キャバクラらぶらぶの面接を受けた。

「こういう仕事は初めてか？」

チョビ髭《ひげ》を生やして髪を短く刈り上げ、いかつい顔と体をした支配人が訊《たず》ねた。

「はい」

「そんな消え入りそうな声では駄目だ。もっとはっきり言わないと」

「すみません」

「顔もあげて」

「あ、はい」

「マリリン、きみの紹介だからもっと元気な子と思っていたが、大丈夫か？」

マリリンと名乗る華子が大きく頷《うなず》いた。

「しばらくあてと一緒にして仕事させてほしい。あてが面倒みるから、お願い」

今まで聞いたこともない甘ったれた声だ。それが利いたのか、研修期間は三週間。時給一八〇〇円で働くことになった。

ドレス代など引かれるから、たいして手元に残らないかもしれない。しかし、とにかく働かねば暮らしていけない。

「名前はどうする?」

「メリーはどう?」

「メリー?」

「簡単で覚えやすいわ。じいさんたちはむずかしいのはあかんよ」

「そうだな。決まり。メリーにしよう」

支配人がパソコンで名刺を作った。ピンクの小さな名刺にハートのマークが大きく描かれ、真ん中にメリーと書いてある。

「これならようわかる。お客さん全員に渡すんやで」

「はい」

今度は顔をあげて返事した。

らぶらぶはN市の中心部から地下鉄で五駅目の所にある。いわゆる二流どころだ。

派手な黄色と赤で染められた入口に「熟女キャバクラ」と大きく書かれ、豊満な女性がにこやかに微笑む写真が飾ってある。

その横に「団体割引実施中」と書かれた看板が置かれている。四名以上五名は一名、六名から九名は二名、一〇名以上は三名が無料になる。競争が激しいのでサービスしないと客は来ない。

午後七時までに入店すれば料金は四五分で二〇〇〇円。午後八時までは二五〇〇円。それ以後は三〇〇〇円。個人で来店するひとは少なく、以前は宴会や飲み会後に大ぜいで来ていたが、コロナ禍以後出足が鈍い。最近、また客が戻りつつあるがそれでも経営は厳しい。

「色気でサービス！」

支配人がゲキを飛ばす。

店は当初、午後六時オープンで零時までだったが、高齢客が多くなり、午後四時から午後一一時までになった。現役世代は働いていて忙しいのか、顔を見せることが少なくなった。

「一番乗りだな」

常連という高沢が、同じ年頃の高齢男性三人と一緒に開店早々現れた。固太りで背は低く顔が酒《さけ》灼《や》けしていて赤い。

華子が囁《ささや》いた。

「近所で高級ワイン店を経営してる金持ちや。よく来てくれるけど必ず団体割引を利用するしぶちんや。先月、八〇歳になったけど、若いと言うと喜ぶでそのつもりでな」

華子がさっと高沢の隣に座り、ここと顎で合図したのでその横にそっと腰をおろした。

「おお、新しい子か」

「あての妹分です。今日からですわ。よろしゅうたのんます。メリーもご挨拶《あいさつ》して」

慌てて頭を下げ、名刺を取り出す。

「メリーと申します。よろしくお願いします」

ほかの男たちにも同じように名刺を渡す。

「えらい痩せた子だ。マリリンと大違いだ」

高沢は名刺にちらっと眼《め》をやると、美沙の顔や体をなめるように見た。

顔が大きくワシ鼻で、ぎょろりとした目は、以前テレビで見た獰猛《どうもう》な怪獣を思わせる。

「メリー、こっちへ来ないか」

高沢が華子と反対側に座っているキャストのカナンを押しやるようにした。

「あっ、すんまへん。今日が初めてで、上得意様の高沢さんに粗相があってはいかんので、あての隣にいますわ」

華子がにっこりしながら早口で答えた。

「なんだ。大事にされてお姫様みたいだな」

高沢が機嫌を損ねた声を出した。

「まあ、お姫様だなんて。メリー、ええなぁ、高沢さんにこれで覚えてもらえたで。良かったなぁ」

華子は言いながら、高沢にぴったり寄り添ってビールをお酌した。

「マリリンには負けるなぁ。そいじゃあ、お姫様に乾杯するか」

「ええことですなぁ、そら、皆様も」

目くばせすると、ほかのキャストたちが三人の男にお酌した。

「高沢さん、乾杯の音頭、お願いします」

華子の艶っぽい声が響き、キャストたちのコップにもビールが次々と注がれた。

「よし、お姫様にはわしが」

高沢が美沙の手首をぐいと握ってコップを持たせた。粘っこい目で顔をのぞきこむ。

「ええなぁ、じきじき、いただけるんやで」

華子の声がよりいっそう甘ったるい。

高沢にぎょろっと睨《にら》まれて身が縮むようだ。わざとなのか、ゆっくり注ぐ。

「乾杯っ、お姫様に乾杯っ」

「乾杯」

「カンパイ」

誰かがクラッカーをパーンと鳴らした。景気づけのワァーという声が入り乱れ、ビールやハイボール、つまみが次々と出てくる。

「ほら、お姫様、呑《の》まんか」

「ああ、はい」

口に含んだ。

「そら、もっと」

たくさん呑むと気持ち悪くなり酔ってしまう。少しずつ口に入れる。

「高沢さん、あてにも頂戴」

華子の舌足らずの声が響いた。

すると、ほかのキャストたちも一斉にコップを高沢に差し出した。

「わたしも。お願いしますっ」

「こちらにも」

キャストたちはにやにやしている。

「なんと、ここは竜宮城か」

「さようでございます。とても傘寿を迎えたと見えない高沢浦島太郎様に乾杯っ」

華子がまた、高沢に体をくねるようにしていっそう近づいた。

「おお」

高沢の機嫌がみるみる直り、ほかの男性たちも酌を受けている。

「ほら、駆けつけ三杯っ」

掛け声がかかる。手拍子が続く。タンバリンを持ち出してタンタン叩くキャストがいる。雰囲気が一気にさぁっと華やかになった。その中心に華子がいて、男性たちを少しも飽きさせない工夫をしている。

高沢たちにわからないようにノンアルコールビールに替えてもらったのを呑みながら、目を見張るばかりだ。

新しい客が三人やって来た。

高沢たちについていたキャストふたりが、「ありがとさんでした」と高沢一行に礼を言い、新しい客の接待に向かった。

高沢は華子に寄りかかりながら目をとろんとさせている。


高沢たちが上機嫌で帰ったあと、このN市に、地方都市から出張に来たという会社員ふたりがやって来た。

「熟女キャバクラはどんな所かと思って」

ひとりはリュック、もうひとりはボストンバッグを持っている。三日間の仕事が無事終わり、これから帰宅すると言う。キャバクラは初めてでぎこちない様子だ。地元は小さな町なのでキャバクラに行くのは、はばかられるらしい。

ビールは高いと思ったのか、ふたりとも最初からハイボールを頼んだ。

「初めて来てもろうたからサービスするわ」

華子がボーイに、ハイボールに入れるウイスキーを濃くするように頼んだ。

「おっ、うまいっ」

飲んだふたりが、声を合わせた。

「サービスがいいねぇ」

硬かった表情が緩みだす。

「さあ、もっと呑んでぇな」

ピーナツとあられのつまみを勧めながら、華子は年配の男の手を取るとコップを持たせ、目を見つめながら微笑んだ。男の顔がにやついている。そんな様子を見て、美沙はとても自分にはできないと思う。

「そっちのおねえさんはお澄まし屋かね」

場の雰囲気に慣れてきたのか、若い方が「オレの隣に座ってよ」と声をかけてきた。

華子が目で合図したので、美沙はやむなく男の隣に移った。男はすぐ肩を抱いて引き寄せようとした。美沙が驚いてかわそうとすると、さらに近寄り強い力で肩を抱いた。美沙は体がぶるぶると震えてきた。

「ああ、この子、今日、初めてで、まだ慣れてないんです。よろしゅうなぁ。その代わり、また、濃いのをサービスしますわ」

華子が甘えた声で言い、ボーイが持ってきたコップを差し出した。男は奪うようにとるとグイとひと口呑んだ。しかし、その間も片方の手は美沙の肩を離さない。

「マリリンさん、ちょっとお願い」

カナンが呼びに来て、華子が「すんまへん、すぐ戻ります」と言いながら席を立った。

若い方が口を尖《とが》らせ、鋭い目で美沙を見た。

「N市のキャバクラはどんな所かと期待してきたけど、お高くとまってるんだな。田舎者とバカにしとるんか」

三〇代くらいだろうか。左手小指に細い指輪が光り、歌舞伎役者のような整った顔をしている。顔が白っぽいから酔わないのだろうか。あるいは、もう酔っているのだろうか。

「おいおい、よせよ。こんな所へ来てそんな野暮なこと言わなくても」

年配男性が手をふった。男は腹立ちを抑えきれないように、コップをドンと置いた。

「すみません。慣れてなくてご迷惑おかけします……」

早く華子が戻らないかと考えていると、手元が狂って、ハイボールの入ったコップを傾けてしまった。

「あっ」

さっと手を出してこぼれないようにしたのは、年配の方だ。

「ああ、……助かりました。ほんと、ドジですみません」

年配者は美沙の顔をしげしげと見た。

「きみ、この仕事は合わないね」

客に言われなくてもわかっている。いろいろ気を遣い、男性が喜ぶように動かねばならない。とてもできそうにない。

黙りこんだ美沙を見て、若い方が美沙の膝に手を置いた。美沙はうっと目を瞑《つぶ》った。

「むずかしく考えないで、楽しませてくれればいいんだ。高い金払ってるんだからさぁ」

ますます気が塞ぐ。ここから立ち去りたい。

「あらぁ、しんみりねぇ、さあさあ、元気出してパーッといきましょう」

華子が席に戻ってきた。カナンが美沙に代わって若い男にぴったり体をくっつけた。

ここではコロナ対策は遠い世界だ。入り口で検温をして手を消毒するが、マスクをはずし、体は密に触れる。アクリル板は申し訳程度に置かれ、客が座れば取り除く。

ミキがロック調の歌をうたいながら中央に設けられた小さな舞台で踊りだした。声量があり、エコーを利かせているのでよく響く。ミニのワンピースとハイヒールは真っ赤だ。カッカッと高い音をたてタップを踏む。若い方が不満気と察したのか、ミキは手を取って一緒に踊りだした。ときどき強くハグする。

「ゴーッゴーッ」

「ヨォー、ヨォー」

かけ声がかかり、笑い声が起きた。

年配者は持たされたタンバリンをバンバンと叩いている。

「楽しそうですね」

美沙はようやく眺める余裕ができた。

営業が終わった。

長い長い時間だったような気がする。初めて見るもの聞くものばかりで頭が混乱し、抱かれた肩やさわられた膝がひりひりと痛みを放っている。

出張のふたりは「面白かった」と気持ち良さげに帰って行った。

「どうや。やれそうか?」

華子が机や椅子を消毒しながら訊ねた。

とても間に合わない。できそうにないから辞めたいと言いたい。しかし、辞めたら暮らしていけない。どこに仕事があるのか。

「……しばらく、なんとか続けます」

「そうかぁ、こういう世界にすぐ入れるひととそうでないひとがいるから、仕方ないなぁ」

消毒と掃除が終わり、店を出た。

空いっぱいに広がる鈍色《にびいろ》の雲に覆われて月も見えない。四月とはいえ深夜は寒さが募る。

まだ動いている地下鉄の駅に歩き出したとき、足元に寄って来るものがある。二歳くらいの女の子で裸足だ。薄いクリーム色のトレーナーを着ているだけで鼻水が出ている。

「あら、キララや。どないしたん?」

言いながら華子がキララと呼ばれた子を抱き上げた。キララは泣くこともせず、黙って大きな丸い目で華子を見つめた。

「ママのとこ帰ろう」

言いながら華子はバッグからティッシュを出して鼻を拭いてやる。

「アンリの子や。今日、アンリは具合悪い言うて休んどった。この上が部屋や。どうしたんだろう。こんな夜遅く」

言いながら、華子は裏にある階段へ向かう。らぶらぶの三階は従業員の寮になっていて、単身者も子ども連れもいる。華子に続いて美沙も階段をのぼった。鉄でできているので、音がしないようにそっと足を乗せた。

「アンリ、あてや。マリリンや」

ドアをノックしたが返事がない。鍵がかかっていない。華子がそっとドアを開けた。真っ暗だ。手元のスイッチを押すと、薄暗い蛍光灯がワンルームの部屋を照らした。布団が片隅に敷かれ、誰もいない。

「アンリ、どこ行ったんだろう」

「どうしたの?」

隣室からミキが顔をのぞかせた。化粧を落とした顔は薄い眉、細い目とさっきの華やかな舞台のときとはまるで別人だ。腕に乳児を抱いている。

「キララがひとりで外にいたから連れて来たけど、アンリがいない」

「アンリは、夕方、大きなカバンを持って出て行った。具合悪いと聞いていたから『どうした?』

と訊ねたら『すぐ帰る。キララは寝ている』と言ってた」

「そういえば借金があると言うとったね。キララ、置き去り?」

「えっ」

キララは抱かれて安心したのか目を閉じている。まもなく寝息が聞こえてきた。母を捜して外へ出たのか。迷子にならず良かった。話し声でカナンも出て来た。うしろから三歳くらいの男の子が眠そうな顔をしながら、カナンの上着の裾をしっかり摑《つか》んでいる。

ここで働くキャストたちはシングルマザーが多い。幼い子どもを抱えてあっけらかんと働くキャストたちの姿はたくましく、美沙にとって今まで会ったこともないひとたちだった。

「アンリを捜すにせよ、今夜、どうするか」

「ひとりもふたりもおんなじ。今夜は私が面倒みるよ」

「支配人に言っとかなきゃ。アンリに、キララはミキの部屋にいると連絡するわ」

華子がスマホを取り出してアンリにかけたが、切断されている。

「もう帰って来んと思うよ。あの子、まだ一八歳だよ。自分のことで精いっぱい。キララにまで気が回らないよ。だいたい若いのにこんな熟女キャバクラにいるのがおかしいよ」

アンリが帰宅しなければキララはどうなるのか。誰か親族がいるのか。引き取るひとがいるのだろうか。誰もいないと児童養護施設に入ることになる。自分と同じ運命なのか。

美沙は口をあけて気持ちよさそうに寝ているキララの顔を見つめた。

第六章　キララ

朝からびしょびしょと雨が降っている。

アンリがいなくなってまもなく一週間になる。アンリの携帯電話に何度も電話したが、依然として切断されたままだ。

キャストたちはキララのことが心配で、仕事が始まる前にらぶらぶの三階にあるミキの部屋に集まって、アンリからの連絡や情報がないか話し合うようになった。

「キララはお尻が赤くて、湿疹《しっしん》がたくさんできている。おむつをずっと替えてなかったんだね。気持ち悪かったろうね。あたしはずぼらだけどおむつはちゃんと替えてるで」

ミキがキララのおむつを取り替えながら、腹に据えかねる表情を見せた。

ミキは同棲《どうせい》していた男に逃げられ、以前、経験したこの仕事に戻った。男はギャンブルで借金を作りミキがそれまでも尻拭いをしていたが、暴力団関係者に借りた金は利子が高く、なんともならなくなったのだ。子どもはまだ五か月の男の子だ。

「せっかく、子どももできたのにさ。金を貯めて小さな食堂でもやろうとしていたのに全部吐き出しておじゃんになった」

男には未練がないが子どもがかわいそうと言う。四〇歳を超えたミキは子どもが欲しかったが、男が仕事をせず金をせびってばかりなので産む決心がつかなかった。

出産のタイムリミットが迫ると心配していたときに男が建築業者に雇われ、ミキの作る弁当を持って仕事に行くようになった。心を改めたと思ったとき妊娠がわかった。良いことが重なるものと喜んで産んだのに、そのすぐあとに姿をくらました。アパートの家賃が払えなくなった。

「早くここから足を洗ってアパートを借りてこの子と暮らしたいんだ。あたしもスナックをしてた母がひとりで育ててくれたけど、夜は寂しくてね。この子にはあんな思いはさせたくないよ。もう男はこりごりさ」

ミキは口が大きく歌が得意だ。世話好き、あけっぴろげな性格で客をあしらうこともうまいせいか、同伴する客が何人もいる。

「イヤな客でも辛抱。金を貯めるまでの我慢」と呪文を唱えるように言っている。

アンリの部屋に残されていたのは布団、キララのわずかな服と紙おむつ、食べ終わったカップ麺や弁当の容器だけだった。部屋には簡単なキッチンがあるが使った形跡はない。

「外食したりコンビニ弁当を食べてたね。よく金が続くと思ってたよ」

カナンが細く描いた眉を顰《ひそ》めた。

子持ちのキャストは四人。カナンのようにふたりの子を持つひともいて、〇歳から小学二年生まで五人の子どもがいる。

夜、キャストたちが働いている間、子どもたちは支配人の内妻で、みんながママと呼ぶ女性が世話をしている。

ママは子どもたちに夕食を作って食べさせ、風呂に入れ寝かしつける。無口だが子どもへの態度を見ていると、子どもたちのことが好きでたまらないことがよくわかる。

シミがなくつるんとした肌をしていて、冷たいとも見える理知的な顔立ちだ。

「若く見えるけど五〇歳や。高校の先生と結婚してたけど、スーパーのレジをしていたときに買い物に来た支配人と仲良くなって駆け落ちしたんや。あんなに美人でよく気がつくから、ママが店に出たらナンバーワンになれるよね。でも、裏方が好きだからと表に出ない。支配人もほかの男の目に触れさせたくないから出さないよ」

華子がこっそり教えてくれた。

夫は別れることを拒み離婚が成立していない。三人の娘たちにも会わせてもらえない。

洗濯物をたたみながら、ぼうっとしていたことがある。離れて暮らす子どもたちのことを考えていたのだろうか。夕日が窓から差し込み、その照り返しで顔がはっきりしないせいか侘《わび》しく見えた。

美沙はそんなママを見ると、胸がぎゅうっと締め付けられ切ない気持ちになる。

教師の夫を棄《す》て、足元が定まらないような仕事をしているキャバクラの支配人に奔《はし》った理由は何なのか。

ひょっとして、居酒屋呑兵衛《のんべえ》の同僚だった大下春香のように、夫から暴力や暴言を受けていたのかもしれない。ずっと夫婦仲が悪かったのか。離婚が成立するよりも早く支配人と一緒の暮らしを望んだのは、それまでの生活に一刻も我慢ができなかったからなのかもしれない。

支配人は勉強が嫌いで、高校を中退して食堂やスナックの手伝いをしたあと、この世界に入った。ママよりずいぶん若くぶっきらぼうで口が悪い。

客が因縁をつけたりすると、「フッフッ」と笑いながら手首を摑《つか》んでそのまま外に追い出したこともある。中学のときに柔道の県大会で準優勝したことが自慢だ。


ミキが「情が湧いた」と言って、自分の子と一緒にキララの面倒をずっとみている。

キララが湿疹を痒《かゆ》がって泣きだした。

「キララの保険証がないから困るね。医者に連れて行ってやりたいけど」

ミキがキララを抱きながら誰にともなく言った。自分の子は丸々とした足を広げて口をあけすやすや寝入っている。

「湿疹ならこれどう？　うちの子に使ったけど案外効いたよ」

カナンが自分の部屋からチューブの塗り薬を持ってきて差し出した。

「ああ、助かるわ」

早速、塗りながらキララに話しかける。

「これ塗るとかゆい、かゆいが良くなるからね。早く治るといいねぇ」

キララは泣き止《や》み、うっ、うっと言いながらミキを怪訝《けげん》そうにじいっと見つめた。それを見てキャストたちが声高に話し出した。

「この子、アンリに似ているから別嬪《べっぴん》さんになるよ。でも、うっ、うっとか、あっ、としか言わないから心配だね」

「キララは二歳にしては小さいね。ひょっとしたらママが作る夕ご飯だけが栄養のあるものだったかもしれないよ。トイレトレーニングもしてないしさ」

「こんなにかわいがっているから、そのうち、ミキをほんとの親と勘違いするかもね」

「アンリはワケありだね。男に売られたという話もある。こんな熟女キャバクラで若いアンリが働くのはおかしいと思っていた」

「ほかでは手配書がまわってるから働けないそうだよ。どこか遠くへ行ったんじゃないか」

手配書がまわるとは、どういうことだろう。美沙には聞き慣れない言葉だが、キャストたちはよくあることという顔をしている。

ドアがノックされ、支配人が顔を出した。手にメモを持っている。

「アンリが書いていた緊急連絡先にずっと電話していてようやくかかったが、耳の遠い年寄りが出て、そんなひとは知らないと言うんだ。困ったな」

チョビ髭《ひげ》を歪《ゆが》めるようにした。

「どこですか?」

「福島だ。大熊町とあるから、あの原発事故のあったあたりじゃないかな」

「ああ、あの……」

「住所も一部違っているらしい。わざと違う所を書いたのかな」

支配人は首をかしげた。

「そのお年寄りが間違ってるということはないですかね」

「うーん、夜にまた、電話してみるか。連絡つかなきゃ、警察に届けんといかんなぁ」

支配人は警察と言うとき、渋い顔をした。こんな仕事をしていると、警察とは仲良くしたくないのだ。

「あまり長引くと、なぜ早く届けなかったと言われるから、今夜、私が電話します。夜なら若いひとがいるかもしれないから」

うしろから顔を出したママがメモを受け取って低い声で言った。


ドアがノックもなくバーンと開いた。

「いつまでキララを預かっているのさ。ミキ、そんなに世話してると所帯じみるよ。自分の子どもだけでも乳臭いのにふたりもいてはね。男は夢を見るためにここへ来るんだからいい思いをさせてやんなきゃ。キララをさっさと警察に渡しなよ」

頭に黄色のターバンを巻き豹柄《ひょうがら》の服を着たサトだ。首が太く肉付きの良い体はウエストのくびれもなく布を体全体に巻き付けているようだ。濃い化粧をしていて、けっして素顔を見せない。化粧で隠しているつもりだが皺《しわ》が目立つ。長いつけ睫毛《まつげ》をして、ぼってりしたオレンジ色の唇がてらてらと光っている。

「アンリに連絡をとってるところだよ」

「電話かからないんだろう。連絡つきっこないよ。さっさと警察に連絡した方がいいよ。そいでキララは施設行きゃいいのさ。あんまり遅くなると、何かあるんじゃないかと痛くもない腹を探られるよ」

「キララがかわいそうだよ。あんたは子どもがいないからそういうこと言えるんだ」

「子どもがいるいないは関係ないだろ。とにかくさっさと警察に言いなよ」

サトは言いたいことだけ言うと長い裾を翻し、ガンガンと大きな音を立てて階段を降りて行った。

「イヤなヤツだねぇ。施設に行くにしても、もう少し、ここで面倒みてやりたいねぇ」

ミキはキララを抱きあげた。キララは青味がかった瞳を大きく開き、あっ、あっと発しながらミキを見ている。

「あらイヤだ。そんな目で見られるとますます離れられなくなるじゃないか」

「ミキ、男にいつもそんなふうに見られるといいね」

どっと笑い声が起こり、その声に驚いたのか、寝ていたミキの子どもがうっすらと瞼《まぶた》をあけながらミキの足を強く握った。

「電話をしたら中年の男性が出て、以前、雑貨店をしてたそうよ。原発事故が起きる前、近所に親子三人が住んでいたけど、どこかに避難してそのまま戻って来ないって。女の子がいたそうだけど名前を知らない。親類でもないのになぜ自分の所の電話を書いたのか、迷惑と怒ってたわ」

仕事が終わったとき、ママが報告した。

美沙はみんなのうしろで話を聞いた。その子がアンリならば原発事故が原因で家族と共に避難したのだ。どこに避難したのか。それから何があったのか。シングルマザーになったのはいつ、なぜだろう。

原発事故なんて遠くかけ離れたことと考えていたのに、こんな近くで影響を受けたひとがいたのだ。原発事故があったのはいつだったか。スマホで検索した。二〇一一年三月。今から一一年前だ。アンリは今、一八歳だから小学校へ入学した頃だろうか。

「アンリはあんまり自分のことは喋《しゃべ》らなかったけど、いつだったか、『親は離婚した、誰にも頼れない』と言ってた。一六歳でキララを産んでいるから、いろいろあったんだ」

キャストの中で一番若いカナンがフーッと溜《た》め息をついた。

「やっぱり、警察か……」

ミキの声が暗く沈んでいる。

若い警官と児童相談所の職員ふたりがやって来た。職員は男性と女性でいずれもベテランを思わせる。テキパキと事情を聞き、これから児童相談所に連れて行くと言う。

（あ、私と同じ）

美沙の心の中で、激しく音を立てるものがあった。

空腹。暗闇。帰って来ない母。畳がささくれだち、酒瓶や空き缶がころがる狭い部屋。

何度も「痛い所はない？」と聞く女性。

子どもたちが走り回っている狭い運動場。

一時保護所で初めて温かなご飯を食べ、すぐ怒鳴ったり殴る母がいなくてほっとした。それらが断片的に蘇《よみがえ》る。

若葉苑《わかばえん》で夜寝るとき、暗い部屋にひとりでいたことを思い出して怖くなり泣いた。宿直の若い先生がそうっと手を握り背中をやさしく撫《な》でながら小声で歌をうたってくれた。あれは何の歌だったろう。静かで心地良く胸にひろがり、眠りに入っていった。そうして、次第に若葉苑に慣れていった。

キララも同じように施設に行くのだ。だんだんなじみ、母の顔を忘れていくのだろうか。いじめられなければ良いが、キララは大丈夫だろうか。

キララはミキに強く抱きしめられたあと、女性の職員に手を引かれ、ミキがバイバイしているのに振り向きもせず車に乗って行ってしまった。

キャストたちは三階にあるミキの部屋の窓から顔をくっつけるようにして、去って行く黒い車を眺めた。

空が曇ったと同時に雷が鳴り、ピカッと光った。湿った雨のにおいが流れ込む。

らぶらぶの入口に華子が置いた大きな鉢植えの中で、黄色のチューリップが風に揺れている。

「幸せになれるといいねぇ」

ミキが呟《つぶや》きながら、「イヤだよ。鼻水が出てくる」と鼻をかんだ。

突然、美沙は涙があとからあとから出てきた。止めようとしても止まらない。

母が浮かんだ。でも、顔がない。若葉苑で正月にみんなで遊んだ福笑いのように、目、鼻、口と順々に貼り付けていこうとするが、どれも違う。

母がどんな顔をしていたかどうしても思い出せない。それなのに、叩《たた》かれた腕や頭、背中の痛みがじんじんと蘇ってくる。

キララは母親がいなくなっても泣くこともなかった。表情が乏しく笑うこともなかった。あんなに幼くても哀《かな》しいことや寂しいことを忘れないと生きていけないのかもしれない。

「あんたも苦労したんやね」

華子がいつの間にか隣で肩に手を置いていた。じんわりと温かさが伝わってくる。

「イヤだ。また、鼻水が出るよ」

ミキが打ち沈んだ声で言い、キャストたちがしいんとなった。

「泣きたいだけ泣けばいいよ。きっと、また、いいことだってあるさ」

華子がからりと明るい口調で言った。


客は執拗《しつよう》に胸をさわろうとし、抱きしめようとする。そんなとき、一時、工場で親密になった男のことを思い出し身震いがする。

華子に「むずかしく考えないでいいのさ。みんな楽しみたくて来るんだからうまく対応するんや。抱かれると見せかけて、さっとうまくかわすんや」と言われた。

華子は抱きつかれても上手に体をひねっている。その代わりのように「マッサージしたげるわ」と手を取って両手で包み込む。男たちはそれで気持ちがやわらぐのか、それ以上は要求しない。ミキやカナン、サトは自分からぴたっと体をくっつけている。

美沙は気が重く、夕方、らぶらぶに向かう足が竦《すく》むことがある。だが、スマホを買い替える金を貯めるまでの辛抱と思うことにした。格安スマホも考えたが、華子から通信速度が遅いと聞き、少々高くても、今、使っているスマホと同じ物にすることにした。

毎週月曜日は情報が更新される。新しい求人情報誌を取りに、家の近くのコンビニへ行った。こには二種類置いてある。

慣れている飲食店のホールスタッフだけでなく清掃なども探しているが、賃金が安かったり交通費が全額出なかったりして、思うような所がない。華子がカバーしてくれるので働くことができるが、いつまでも頼れない。

（私はいつも頼ってばかり。春香さんにも助けてもらってた。しっかりしなきゃ）

店へ入ると騒がしい。男性の店員が女性の薄っぺらな肩を両手で摑《つか》み怒鳴っている。女性の服は茶色のシミが点々とついていて、踵《かかと》を踏んでいる運動靴も穴が開いている。

「これで三回目だ。年寄りだと思って、今まで目を瞑《つぶ》ってやったがふてぶてしいヤツだ。おい、警察へ電話してくれ」

よく太った店員が別の店員に声をかけた。

「必ず払いますから警察へ言わないで。今、お金がないんです」

女性が何度も白髪頭を下げ、涙声で頼むが店員は意に介さない。

「なに言っとるんだ。ほら、ほかのお客さんの邪魔だ。さっさとこっちへ来い」

店員はよろめく女性の腕を荒々しく摑むと、奥の事務室へ連れて行った。

万引きで捕まったひとを初めて見た。高齢者にあんなにきついことを言わなくてもと、なんだかイヤな気分になった。

いつものように食べ物を温めるレンジの隣にある置き場所から求人情報誌を取り、店を出ようとすると、本が並んだコーナーで週刊誌を読んでいた男性が寄って来た。

「美沙じゃない？」

「えっ」

驚いて顔を見た。丸顔。体も丸っこくてどんぐり眼《め》。髪を短く刈り上げている。

「若葉苑で一緒だったコウタだよ。おいらのこと忘れたか？」

マスクを外した。どんぐり眼が親し気に笑っている。思い出した。美沙が若葉苑に入ったすぐあとに入所してきた同じ年齢の金田幸太だ。きかん気でやんちゃだった。苑ではしばしばケンカやいじめがあり、幸太もつるんでいたが、美沙に対してはさりげなく庇《かば》ってくれた。中学卒業と同時に母に引き取られて出て行った。

「私ってことがよくわかったね。ここ、よく来るの？」

「うん。なんにも買わずに求人情報誌だけ持っていくだろう。どういうひとかと気になってな。どこかで見た顔だ。この前、手首に傷跡があるのが見えたから思い出したんだ」

母に火のついたタバコを押しつけられた跡だ。熱くて泣いたらもっと押しつけられた。治療もしてもらえず爛《ただ》れて跡が残った。外出時には傷跡隠し用テープを貼っているが、貼り忘れて見られてしまった。

「今、どうしてるんだ？」

「……」

「仕事探してるんだろ？　おいら、相棒を探してるんだ。今から話さないか」

返事をする間もなく外に出ると、どんどん先に立って五分ほど歩いた先にあるファミリーレストランに入って行く。急いであとを追い、窓側の席に向かいあった。じっくり幸太を見ると、苦労しているのか顔に翳《かげ》りがあることに気づいた。

「金、ないんだろう？　昼飯、奢《おご》ったるよ。カレーでいいか？」

若葉苑にいたときもせっかちだったが変わらない。返事も聞かずに注文した。

「久しぶりだな。どうしてた？」

幸太には隠すことはない。工場が倒産し、職を転々としていること、キャバクラの仕事がイヤで早く辞めたいことも話した。

「おいらはおふくろに引き取られたが、男がいて殴られてばかりで家出した。いろいろあったが新聞配達店に住み込んだ。店長がいいひとで車の免許を店の費用でとらせてくれた」

「良かったね」

「店長が心筋梗塞で急に亡くなって、あとに来たヤツが威張ってて衝突ばかり。そこを出て居酒屋に勤めた。辛《つら》いこともあったが今は調理人だ。調理師免許もとったんだ」

運ばれてきたカレーライスを大きな口をあけて食べ始める。

「頑張ってるんだね」

「おいら、自分で居酒屋をやりたいんだ。金を貯めるために、昼間、別の仕事もしている」

「どんなこと？」

「ラブホテルに女性を送り迎えするんだ」

「えっ、なに？　それ」

「女のひとが客に呼ばれていって、何かあるかもしれんから外で待機する。もちろん、逃げないように監視もするけどね」

そんな仕事もあるのか。美沙が驚いていると早くも食べ終わり「コーヒーふたつ」と追加注文した。

「美沙も一緒にやらないか」

「……なんだか気がすすまない。それに私、運転免許証、持ってない」

「免許証は必要ない。美沙はおいらのそばに座ってればいい」

「助手席にいるだけでいいの？」

「うん、ラブホテルのあたりはパトカーがよく回ってくる。三回も職質されたからやばいんだ。カップルだと入るかどうかを相談していると言えば怪しまれない筈《はず》だ。ホテルの近くでことが終わるまで一時間くらい待機する。送迎は地下鉄駅から往復三〇分だな。それで二〇〇〇円。どうだ？」

第七章　送迎

美沙は幸太と、繁華街に近い地下鉄F駅近くの交差点で待ち合わせた。

街路樹の銀杏《いちょう》が濃い黄緑色に染まりつつある。美沙が暮らした若葉苑《わかばえん》では庭をぐるりと囲んで銀杏が植えられていて、その下で追いかけっこやドッジボールをした。あのとき、一緒に遊んだ幸太と思いがけない出会いをして、その仕事を手伝うとは不思議な気がする。どんな仕事なのか不安を感じて躊躇《ちゅうちょ》したが、金が入るという魅力には抗《あらが》えなかった。

幸太は時間通りに白い軽自動車で現れた。うしろの座席に肩まで伸ばした巻き髪の若い女性が乗っている。軽く会釈して助手席に座った。誰も喋《しゃべ》らず、車はビルや商店が立ち並ぶ繁華街を抜け、住宅街に入る手前のラブホテルのすぐ近くで停まった。

クリーム色に塗られた三階建てのホテルは、入り口横に休憩一時間一九七〇円、三時間三九七〇円、宿泊五九七〇円と書いた大きな看板があり、四〇室ある部屋の写真も幾枚か掲げられている。

洞穴のような入口を入った所が駐車場で数台の車が駐車している。ナンバープレートの前に板が立てかけてあり、外からはナンバーが見えないようになっている。

「このあたりで待っている。何かあったらすぐ電話するんだ」

幸太が声をかけると「うん」と言いながら女性はドアを開けて小走りでラブホテルに入って行った。バッグは有名ブランド品だ。

丈の短い青いワンピース。厚底のサンダルを履いた細くて長い足。マスクで覆われているので顔はよくわからないが、色が白く濡れているような長い睫毛《まつげ》が印象的で、清楚《せいそ》で儚《はかな》げな雰囲気を醸し出している。まるでファッション雑誌で見るモデルのようだ。いくつだろう。まだ一〇代にしか見えない。

相手はどんなひとだろう。メールで申し込みをした相手の男性がホテル内で待ち、形式上は恋愛という形をとっている。

幸太はすぐ隣のマンションの近くに車を駐車した。これから一時間ほど待機する。

マンションの角から髪の薄くなった中年男性とよく肥えた女性が徒歩で現れ、ホテルへ入った。そのすぐあとにワゴン車が続く。時計を見ると午後二時。こんな昼間から利用するひとたちがいることに美沙は驚いた。夜に利用するものとばかり思っていた。

「きょろきょろしてそんなに珍しいんか?」

じっと前を見ながら幸太が言った。

「うん」

工場に勤めていたとき、主任とホテルに行ったことは内緒だ。

「今のひと、すごい美人ね」

「フフ」

幸太が妙な笑い方をした。

「整形美人だよ。目は二重にして鼻も高くし、胸も手術で大きくしてる」

「えっ」

「美人になるための整形が流行ってるそうだ」

そんなまがい物みたいにした整形手術でのちのち影響がないのだろうか。

「整形で失敗したヤツもいて悲惨らしいよ。イヤな親でも親からもらった顔や体は大事にせんといかんなぁ」

幸太が親を口にするのは意外な気がする。

「美沙は親と会ったか?」

「ううん、連絡ないし、顔も忘れた」

「ああ、それがいいぜ。おふくろはおいらを棄《す》てたくせに、中学を卒業したら急に現れて働かせた。金が目当てだった。おいらが家出して新聞店で働いていたとき、どうかぎつけたのか現れて給料を前借りして金を寄越せと言うんだ。図々しいだろう。店長が怒って追い払ってくれた。そしたら、配達の途中、待ち伏せしてた。走って逃げた」

「ひどいね」

「おいらが男に殴られているのに知らん顔してタバコ喫《す》ってた。親なんかいない方がいい」

その通りだ。母は何が気に入らないのかすぐ殴ったり叩《たた》いたりした。あのとき、母は何を言ったのだろう。「おまえがいるせいで」だったのか「おまえなんかどこかへ行ってしまえ」なのか。いや、両方だったのかもしれない。母がいると怖くて脅《おび》えていた。しかし、不在だと食べ物がもらえず、ぽつんと座って時間が経《た》つのを待つよりなかった。

幸太が美沙の右腕をつついた。

「この前言ったように、おまわりに聞かれたら、ホテルへ入るのをどうするか考えてると言うんだ。いいな」

パトカーが巡回しているとき、車内にいると職務質問されることがある。長時間、車を停めたままだと、近所のひとが不審な車と通報するかもしれない。

「ひとりでいるより、カップルの方が怪しまれない」

ファミレスで何度も言われたことだ。

「美沙は地味だからいいよ。ケバいヤツはいかん。怪しまれるからな」

地味だから私に声をかけたのか。それは美人でないということだ。自分が美人ではないことはわかっているが、それでも美沙は複雑な感情が湧いてくる。

「おっ、来たぞ」

パトカーがゆっくり後方から来る。美沙はどきどきしてきた。

「もうちょっとこっちへ寄れ」

言いながら幸太は美沙の肩を引き寄せた。そのままじいっとしていると、パトカーは通り過ぎて行った。

「戻って来るかもしれんからな。もう少しこうしてろ」

幸太の太い指が一瞬、頰《ほお》に触れた。美沙は緊張して体が熱くなりこわばってきた。

「もういいぞ」

ようやく、幸太は離れた。

「ひとりでいたら職質でさんざんな目に遭った。友だちを待ってるって言ったら、どこにその友だちはいるかって。近くのマンションだって答えたら何号室だと聞くんだ。適当に七〇三号と言ったらやっと許してくれた。その頃、頭はちょんまげにして髭《ひげ》を伸ばしていた。それからは、怪しまれないように身だしなみも気をつけている」

髭を剃《そ》り髪も短くして、白のポロシャツに紺色のジーンズと控えめな装いだ。

「この車は幸太のもの？」

「まさか。仕事を指示してくるヤツのものだ。終わったらそいつの所へ返しに行く」

「……」

「あんまり同じ所に停まっているといかんから、ちょっくら回るか」

車がそろそろと動き出した。

「時間いっぱい使わなきゃ損というヤツもいるし、あっさり済ませるのもいる。今日のヤツは何回も利用してるがいつも一時間きっかりだ」

「この仕事、もう長いの？」

「三年くらいだな」

「そんなにしているの？」

「居酒屋との掛け持ちで昼間にやってる」

「私に二〇〇〇円くれると幸太はいくら？」

「三〇〇〇円」

「そいじゃあ、あまり貯まらないね」

「ときどき、乗せた子がチップくれたりする。こういう仕事は信用されることが大事なんだ。おいらに頼めば絶対にポカやしくじりがないとなると、信用絶大でもっと大事な仕事がきて大金が入る」

「もっと大事な仕事って？」

「へへ」

幸太はそれには答えなかった。

大事な仕事とはなんだろう。危険なことではないのか。

「早く金を貯めて店を持ちたいんだ。使われるのはつまらんからな。……おいらが日本人じゃないこと知ってるだろう?」

　幸太が若葉苑でケンカしたことを思い出した。相手から「ちょうせん、くさいぞ」と言われて飛びかかり、組み敷いて上から何度も殴った。職員が駆けつけてようやく引き離したが、相手は鼻血を出して上着が血まみれになり、幸太の手も血がべったりついていた。

「日本で生まれて育って日本語しか知らないのに、日本人じゃないと変な目で見たりバカにする。学歴がないから会社に入っても偉くなれん。自分で店を持って商売するのが一番だ。誰にも気兼ねしなくていい」

　美沙は「施設の子」と言われて小学校でいじめられたことを思い出した。

　幸太はもっとひどい目に遭ったのか。同じ若葉苑の子どもたちからケンカをするたびに、「ちょうせん、ちょうせん」と囃《はや》し立てられていた。幸太がすぐ手を出したのは、やりばのない感情を抑えきれなかったからに違いない。社会へ出て働くようになり、もっと多くのイヤがらせを受けたのか。

「早くたくさん貯金できるといいね」

「うん、店持ったら美沙を使ってやるよ」

「ありがとう」

　幸太は結構、気が利くし、要領が良いから店を持てるかもしれない。

「今、コロナで居酒屋も休業した所が多いだろう。早くコロナが落ち着くといいな。おいらの店はなんとか続いてるから助かるよ。でもまだ時間短縮してるんだ」

ぐるりと回って元の場所に戻ってまもなく、さっきの女性が出て来た。俯《うつむ》いていて疲れた感じがする。

うしろに座ると同時に幸太がアクセルを踏んだ。

「お疲れさまぁ」

「ああ、しんど。なんとか終わって良かった。あいつ、ヘンなことばかりさせるから」

女性は口を噤《つぐ》むと目を瞑《つぶ》ったようだ。車は地下鉄のB駅へ向かい、女性を降ろした。

「これ少ないけどふたりで分けて」

降り際に五〇〇〇円札を幸太に渡した。

「サンキュー」

幸太はすかさず受け取った。美沙は驚いてお礼を言う暇もない。女性はあっという間に地下鉄の階段を降りて行った。

「こんなにもらっていいの？」

「あの子は気前がいいんだ。ケチなヤツもいるよ。その金、美沙、初めてだから全部やるよ。次も頼むな」

美沙は手にした五〇〇〇円札を広げて眺めた。今日の働きはこの五〇〇〇円と合わせて七〇〇〇円になる。時給一〇〇〇円なら七時間分だ。助手席に乗っているだけでこんな大金が入って良いのだろうか。大金になるというのは、危ない仕事だからではないか。

女性がホテルにいた時間は一時間。五〇〇〇円をチップにくれるくらいだから、ずいぶんな額を受け取ったに違いない。しかし、体を売ったのだ。ヘンなことばかりさせると言っていたから、イヤな思いもしただろう。たくさん稼げそうだが痛々しい。体ばかりだけでなく心も悲鳴をあげないだろうか。あんなに若いのにほかの仕事をしないのだろうか。整形をしてまでこんな仕事をするのは、大金を必要とする理由があるのだろうか。考えているうちに交差点のある大通りへ出た。

宝石店と銀行の間に横断幕を掲げた数人がいて、マイクを持ったひとが喋っている。全員、黄色のスカーフをしている。

「ウクライナ」とか、「ロシアの侵攻」、「カンパ」、「署名」と話す声が聞こえてきた。

「なんだろう?」

「ロシアがウクライナを攻めているから反対してるんじゃないか」

以前は、ニュースをスマホで項目だけ見ていたが、最近はスマホの電池量がなくなるのが早いので切断していることが多い。ロシアが二月にウクライナを侵攻したことは知っていたが、この日本でそれに反対しているひとたちがいることに意外な気がする。

「反対していることがロシアに届くの?」

「ロシア大使館に抗議するらしいよ。世論に訴えるという目的もあるさ」

ロシアがどこにあるのかはだいたいわかるが、ウクライナなんて場所も知らない。初めて聞いた。

「ロシアの爆弾でおっ母を亡くした小さな子どもが泣いているのをテレビで見た。おいらもおふくろが帰って来なくなったとき、ずっと泣いてたことを思い出した」

幸太も自分と同じように泣いていたのだ。

「あの子はかわいそうだ。これからどうなるのかな」

その子に父親はいるのだろうか。父親か親切な親族が引き取ればよいが、誰もいなければ自分と同じように施設に入るのか。外国の施設はどんな所だろう。戦争が起きているもとでちゃんとご飯が食べられるだろうか。

幼い子どもの手を引いた母親らしきひとが、カンパと書かれた箱を持った女性の所へ近寄って行くのが見えた。他人、しかも外国のひとのためにお金を出すことに美沙は驚いた。

最初に待ち合わせた地下鉄F駅に着いた。

幸太は財布から二〇〇〇円を出した。

「チップも全部、ほんとにいいの？」

「いいよ。また、連絡するから頼むよ」

「たくさんもらって恐ろしい気がする。スマホを買い替えるお金が貯まったら辞める」

「そんなに堅く考えなくていいよ。利用できるものは利用するんだ。おいらたち、誰も頼れないからさ。じゃあな」

幸太はにやっと笑うと手を振った。

美沙は地下鉄の階段をゆっくり降りながら、キャバクラで働くのもなじめないが、こんな仕事もやりたくないと思う。

しかし、どんな仕事をするにせよ、スマホは必需品だ。充電してもすぐ電池がなくなり、携帯電話店で「早く買い替えないと使えなくなりますよ」と言われたから、なんとか買い替えなくてはいけない。そのためにはイヤな仕事でもやらざるを得ない。

スマホのために働いているようで、なんだか寂しさがひたひたと押し寄せてきた。


幸太はその後も続けて電話をかけてきた。

幸太と待ち合わせる場所も乗せる女性もラブホテルもその都度違ったが、ホテルの近くでカップルを装って待機することは同じだ。

女性はみな、一様にすらりとスタイルが良く、豊かな胸を誇っていた。このひとたちも整形手術をしたのかと考えてしまう。報酬は二時間以内で二〇〇〇円。キャバクラらぶらぶで働いても、ドレス代やアクセサリー代などを引かれるのでたいした金額にならない。それを考えると座っているだけで金になる。パトカーが通るたびにひやひやしたりびくっとするが、ふたりでいるせいか一度も質問されたことがない。

ほかの車が待機しているのに出くわすこともあった。そんなときは距離を置いて駐車したり、女性からのSOSに備えてすぐ行けるように、ホテルの周囲をぐるぐる回った。

「見ろよ。職質だ」

このところよく見かける青い車だ。運転士は細面の銀縁メガネをかけたおとなしそうな青年で、慣れないのかホテルのすぐ近く、ずっと同じ場所にいることが多い。

フロントガラス越しに、パトカーから警官が降りて職務質問を始めたのが見える。運転免許証を見せるように言われているようだ。

突然、車がすごい勢いで発車した。美沙は思わず「あ」と声をあげた。

パトカーが続いてサイレンを鳴らし、追いかけて行く。

「バカだな。すぐ捕まるよ。運転免許証が偽造かもしれんな」

幸太は驚く様子もない。

「パトがいなくなったからおいらたちは助かるぜ」

あんなにほっそりした青白いような顔をした運転士だったのに、逃げるとは。

「あいつ、案外、闇かもしれん」

闇？　どういうことだろう。訊《たず》ねようとしたとき、幸太の車で送った女性が出て来た。

行くときと同じつばの広い黒の帽子を深く被っている。茶色のサングラスに大きなマスクをしているから顔はほとんど見えない。

黙って乗り込むと俯いている。駅まで行く間に万一のことを考え、外から顔を見られたくないのかもしれない。年齢はわからないが、服装やしぐさから、美沙は案外、自分と同じくらいかもしれないと思った。

ＪＲのＫ駅近くまで送ると、無言のまま車を降りて角にある喫茶店へ入って行く。その背中を見ながら幸太がぼそっと言った。

「あのひとは主婦だと思う。男のにおいがついているからあそこで落としていくんだ。郊外にローンで家を建てたが、その支払いに困ってるんじゃないかな。このＪＲのＫ駅は郊外に行くのに便利だろ」

「ええっ」

「コロナで休業になったり残業がなくなった会社もあるからな。美沙、家を買うときは懐具合をよく考えろよ」

家を持つなんて夢のような話だ。今のアパートの家賃を払うだけでも大変なのに。一度で良いから、家賃の引き落としに余裕を持ちたいと願っているのに。

この女性は本当にローンの支払いのためにこんなことをしているのだろうか。家族には内緒だろうが、ひょっとして露見したらどうなるのか。家を持つとはどういうことだろう。家族が気持ちよく暮らすための筈《はず》なのに、家庭が壊れないだろうか。家庭を持たない自分が心配するのもおかしなことだと苦笑する。

「パトが追って行ったヤツ、どうなったかな」

幸太が独り言を言っている。

翌朝、起きてスマホに充電しようとしたができない。ついに壊れたのか。

新しく買い替えると、一括で七万八〇〇〇円と言っていた。今、貯金と手持ちを合わせて九万円。家賃と光熱費の引き落としがもうすぐだが、まずはスマホを買うのが先だ。

一〇時の開店に間に合うように携帯電話店へ急いだ。店内は混みあっている。番号札を渡され、案内された席で壁にかかったテレビを何気なく見た。ニュースを放送している。

「昨夜、N市内で離婚した前夫に復縁を迫られた女性がナイフで刺され重体です。女性の長男と次男が男を止めようと争いになり、男が死亡しました……」

離婚。前夫。復縁。春香さんと同じようなひとがいると思ったとき、番号を呼ばれた。

若い女性店員は今月から価格があがって八万円になったと言う。

「一括で七万八〇〇〇円と聞いてたんですが」

「それは先月までのことです」

店員は細くて尖《とが》った目をして答えた。二〇〇〇円も多く払うのは困るが仕方ない。しぶしぶ八万円を払った。手持ちの金が少なくなったことは心配だが、これでようやく安心して仕事探しができる。

古いスマホに入っていた電話帳を新しいスマホに移動させてから店を出た。

呼び出し音が鳴った。表示は華子だ。

「大変や。居酒屋呑兵衛《のんべえ》で一緒だった大下さんが男に刺されて重体とテレビでやってたで」

「えっ」

さっき、テレビで放送してたのがそうだったのか。

「あんた、仲良かったろ。子どもたちと揉《も》み合ったらしい。男は亡くなったんやて」

春香は大丈夫だろうか。子どもたちも怪我《けが》をしたのだろうか。

離婚後、生活保護を利用してなんとか平穏に暮らしていたのに、なんということか。

「春香さんが心配だわ。病院へ行きたいけどどこかしら。わかる？」

「そこまではテレビ、放送しとらんわ。子どもたちのこともあるからいっぺん、春香さんの家に行ったらどうや」

「うん、そうする。ありがとう」

急いで春香のアパートを訪れた。呑兵衛が閉店した日、夕食を共にして以来だ。ドアをノックしたが鍵がかかって返事がない。何度もノックしていると、隣の部屋から高齢の男性がドアを半開きにして顔をのぞかせた。

「私、以前、大下さんと一緒に働いていた者です。大下さんが怪我をしたと聞いて心配で来たんですが、どこの病院かご存じですか？」

男性は灰色っぽい目を向けた。

「今までテレビや新聞社がいて大騒ぎだった。日赤病院へ運ぶと聞いたがな」

そのままドアを閉めようとする。

「お子さんたちは?」

「上の子と真ん中が男と取っ組みあいをしたそうだ。男が死んだから警察で事情を聞かれてるんじゃないか。一番下の子はわあわあ泣いていたがどうしたろう……」

美沙は体がぶるぶる震えてきた。居酒屋呑兵衛でミスをしたとき、春香はそっと助けてくれた。仕事探しを励ましてくれた。どうか無事でいてほしい。会って顔を見たい。

子どもたちも心配だ。会えるかどうかわからないが日赤病院へ行こうと思った。

第八章　入院

美沙は日赤病院へ行く前に、念のため春香に電話したが、呼び出し音が鳴るばかりだ。華子が重体と言っていたから、電話に出られない状態に違いない。

日赤病院は地下鉄のD駅を降りてすぐの所にある。駅を出ると、どんよりとした空から雨がぽつぽつ降ってきた。大急ぎで駆け込んだ病院の受付で春香に面会できるかを訊《たず》ねた。

「入院しているかどうかを含め、個人情報ですのでお答えできません。本人か親族の方にお聞きになってください」

「入院したことは間違いないです。本人はひどい怪我《けが》をしているので電話に出られないと思います。親族は子どもだけです」

受付の女性は「答えられない」を繰り返すばかりだ。「個人情報」という名目で、個人に関することが教えてもらえなくなった。

どうしたら良いだろう。待合室に座って考えていると、やり取りを聞いていたのか、黒い背広を着た若い男性が顔写真のあるネックストラップを見せながら声をかけてきた。

「朝夕新聞の記者、平埼と申します。怪我をされた大下春香さんの関係者の方ですか？」

平埼は長身を折るようにして名刺を差し出した。朝夕新聞は全国紙だ。丁寧なことば使いで腰も低い。信用できそうだ。

「以前、一緒に働いていた者です」

「大下春香さんがＤＶ被害者で重体とお聞きしています。今後、このような事件をなくすためにも取材にご協力をお願いできないでしょうか。どんな生活をしていたとか、ＤＶのことを聞いてみえたら教えていただきたいのです」

平埼は頭を下げながら隣の席に座った。

美沙は春香がようやく夫から逃れることができ、子どもたちの成長を楽しみに、新しい生活を頑張っていたことを話した。

「重体と聞いて心配で来たのですが、個人情報なので何も教えてもらえません。春香さんの状況とか子どもさんたちがどうなったかも知りたいのですが……」

「警察の調べでは、前夫が突然、現れたのです。長男を駅で見つけて家まであとをつけ、すぐうしろから入り込んだようです。春香さんに復縁を迫り、拒むとナイフを出して脅迫した。それでも断ると、春香さんを突然刺したのです」

「まあ……」

「長男と次男がナイフを取りあげようと前夫と揉《も》み合いになり、前夫も怪我をしたので春香さんとふたりが病院へ運ばれ、前夫が亡くなったそうです」

春香も子どもたちもどんなに驚き、怖かっただろう。子どもたちは父が母を脅して刺したのを見て、父に飛びかかったのか。

金田幸太がケンカした相手の血まみれになった上着と、幸太の手にべっとりついた血を思い出す。あのとき、美沙は怖くて職員にしがみついた。母と父の体から流れる血を前にして呆然《ぼうぜん》とする三人の子が浮かぶ。泣き声が聞こえてくる気がする。

美沙は胸がどきどきして顔が火照り、涙が滲《にじ》んできて平埼の顔がよく見えなくなった。

「……春香さんはとっても良い方で、仕事でいろいろ助けてもらいました。そんなひとがこんな目に遭うなんて……命は大丈夫でしょうか」

「集中治療室、ＩＣＵに入っていますが、詳しいことはまだわかりません」

「お子さんたちはどうしてるのですか？」

「揉み合って父親が亡くなったので、警察に事情を聞かれていると思います」

警察で事情を聞かれるとはどういうことだろう。前夫を止めなければ春香の命が危なかったのではないか。

「ほかの方たちにも取材して、近日中にＤＶを取りあげる予定です。なにか進展があればお知らせください。こちらからも連絡します」

電話番号を交換した。

三日後、朝夕新聞に平埼が書いた特集記事「DV被害を考える」が掲載され、スマホに送られてきた電子版を読んだ。

春香が前夫からの暴力に耐えきれず、三人の子どもたちを連れて逃げ、その後、弁護士に依頼して離婚が成立。シングルマザーとして、ときにダブルで働きながら生活していたことが書いてある。前夫は春香に未練があり、ずっと行方を捜していて、知人に「ようやく見つかった。今から復縁を迫ってくる。もしものときにこれを持っていく」と刃渡り二〇センチほどのナイフを見せた。知人は「そんな危ないものを持っていくな。見せたら逆効果だ。今日で話が決まらなければ無理するな」と諭した。

春香が復縁を拒否したので怒った前夫が春香を刺し、長男と次男が止めようとして揉み合いになった。前夫が刺されたのは前夫の手元が狂ったのか、子どもたちが原因かは調査中である。

春香の怪我はひどく、呼びかければ答えることもあるが、自分からは何も言わない。

子どもたちは警察で事情を聞かれたあと、児童相談所の一時保護施設にいる。前夫と春香の親族は引き取らないと言っているから、児童養護施設に入ることは必至である。

DVをどう防いだら良いのか、識者の談話も書いてあるが、通りいっぺんに思える。

子どもたちは父がナイフを持って現れただけでも驚いたのに、死亡し、母が入院してどんなに不安だろう。あまりの環境の激変に呆然としているかもしれない。夜、眠れるだろうか。大丈夫だよ、と誰か抱きしめてくれるだろうか。

児童相談所。

美沙にとってはもう関わりたくない場所だ。それなのに、一時保護所、児童養護施設と三人の子どもたちの行く末が自分と同じになるようで、とても他人事と思えない。施設に入るにしても、三人一緒で励まし合えるなら良いのだが、うまくいくだろうか。

春香の少々垂れた愛嬌《あいきょう》のある目やベッドに横たわる姿が浮かんできて、新聞を読みながらまた涙がこぼれてきた。

ミスをしてもイヤミを言うこともなく、さり気なくフォローしてくれた。気の良い温かなひと柄なのに、こんな理不尽な目に遭う。

胸の中が怒りでいっぱいになり、春香のためになにもできない自分が情けない。

心配している、早く良くなって会いたいと春香のスマホに祈る思いでメールした。

四月の末になったが幸太からの電話がない。一週間に一回程度は助手をしていたが、最近は途絶えている。

スマホを買い替えたので貯金はゼロに近い。幸太を手伝って得られる二〇〇〇円は大きい。最初の頃、車に乗り込むときは足が震えていたのに、連絡を待っている自分の変化に驚く。

求人誌を取りにコンビニへときどき寄るが、幸太の姿はない。

「電話をするな。必要なときはこっちからする」と言われていたが、思い切って電話をした。切断されていて通じない。

キャバクラぶらぶらでは相変わらず接客が下手な上、酒が呑《の》めず売り上げに貢献できない。研修期間が過ぎてからも大目に見てくれていた支配人から「ほかの仕事を探した方が良い」と、はっきり言われてしまった。

華子が支配人に「あてと一緒にして、もう少し面倒みたってやってください」と言ってくれたが「お情けで雇ってんじゃない。こっちも商売だ」と突き放された。

成績をあげているキャストは胸をはだけるようにして男性にしなだれかかったり、抱きつかれても笑顔を見せている。とても自分にはできない。辞めるためには仕事を探さねばと、求人誌でここぞと思う所に片っ端から電話をした。

ようやくスーパーの清掃の仕事が見つかった。朝の七時から午後七時までの間の七時間。シフト制。時給一〇〇〇円。しかし、月二〇日から二五日間働けて社会保険完備。地下鉄のA駅から徒歩数分なのも通勤に便利だ。今度は厳しい仕事でも我慢して働こうと気持ちに活を入れる。

ほっとして、支配人に伝えた。

「そりゃあ、良かったじゃないか」

チョビ髭《ひげ》を撫《な》でながら言った。

「その方がいいね」

華子をはじめほかのキャストも同じことを言う。それだけみんなに迷惑をかけていたのだと今さらのように思い知った。

今日で終わりという夕方、出勤すると、以前からときどき痛む右の下腹部が猛烈に痛くなってきた。今まで痛いときは薬局で買った痛み止め薬を飲んでいた。今回も飲んだあとしばらく様子を見ようとしたが、我慢できそうにない。ドレスに着替える気にもならず控室のソファに横になった。

「どないや。えらい顔してる。熱もあるなぁ。まさかコロナじゃないだろうな。救急車呼んだ方がええな」

華子が額に手を置いたまま心配そうにのぞきこむ。

「……我慢する。お腹が痛いけど薬を飲んだからもうじき効いてくると思う」

「そんな、あかんわ。救急車呼ぶで」

「……保険証がない……」

「えっ、持ってない？」

痛みが押し寄せ、うんと頷《うなず》くのも大儀だ。

「保険料が払えないから入ってない」

「うーん、ちょっと待っててな」

席を立った華子が出て行ったと思うと、すぐカナンを連れて来た。

「カナンが健康保険証を貸してくれる。カナンは三〇歳丁度で美沙さんと二歳しか違わないから怪しまれないよ。ひとり親家庭の医療証もあるから、医者代はただや」

華子が国民健康保険証とひとり親家庭等医療証を掲げて見せた。

朦朧《もうろう》とした頭で、そんなことしていいのかという気持ちがもたげてくる。しかし、今は早くこの苦しみから逃れたい気持ちが強い。

「生年月日は平成四年四月八日。お釈迦《しゃか》さんと同じ誕生日や。花まつりの日やな。堀川花南。堀に三本川。フラワーの花。北、南の南。わかったな。心配せんかてええ。あてもついてくでな。ほんでも名前と生年月日は覚えといてや」

「心配せずに使っていいよ」

口数の少ないカナンらしく、淡々と言う。

「……すみません」

痛みが続く中でようやくお礼を言った。

救急車のサイレンの音がして、気がついたら病院にいた。

「堀川、えーとなんて読むのかな」

女性医師が訊ねる。

「カナンです」

華子が答えている。

「堀川さん、聞こえますか？　どこが痛いですか？」

右下腹部を押さえる。

いろいろ訊ねるが苦しくて頷いたりするのがやっとだ。触診後、すぐCTを撮った。

「癒着していますね。ずいぶん前から痛みがあったんでしょう。もっと早く来ていたらこんなにひどくはならなかったですよ」

呆《あき》れたような声が続く。

「すぐ虫垂の手術をします。腹腔鏡《ふくくうきよう》なので手術跡が小さく済むし、回復が早いです。入院期間は、まあ、一週間みておけばいいでしょう。なにか質問がありますか?」

華子が「大ごとや」と言っている。

「いいですね」

頷いたつもりだ。

全身麻酔をされた。あっという間に意識が遠のいた。


気がついたら手術は終わり、三人部屋に移されていた。

「どうや」

華子がにこっとしたのがマスクの上からもわかった。

「ありがとう。ずっといてくれたの?」

「うん」

「仕事があるのにごめんなさい」

「無事に終わって良かったな。コロナで病院内におられんのを、姉と言って目がさめるまでおらせてと無理して頼んだんや。みんな心配しとるで知らせんとあかん。帰るで」

同じ部屋のふたりに「あんじょうよろしゅう」と声をかけて帰って行った。

疲れていたのか、そのままずっと眠った。ときどき、看護師が点滴の交換に来た気配がするが、目が開かない。

「堀川さん、堀川さん」

誰か呼ばれている。

点滴をしていない方の右手を軽くさわられて目が開いた。

「堀川さん」

年配の看護師が傍らにいた。

そうだ。自分は堀川花南の保険証を借りているのだ。返事をしなくては。でも、偽者とばれないだろうか。不安が押し寄せる。

「……はい」

「ご気分はどうですか?　よく寝てみえましたが大丈夫ですか?」

「ええ」

「疲れているのかもしれませんね。何かあったらここのボタンを押してください」

看護師は忙しそうだ。次のベッドのひとにもう声をかけている。

手術した翌日、周囲を見る余裕が出てきた。同じ部屋のふたりは高齢者で眠っていることが多い。何か聞かれたらどうしようと思っていたが、その心配はなさそうだ。

「お子さんはどうしてみえるんですか？」

点滴を手早く取り換えながら、中年の看護師が訊ねた。

(私は子どもがいることになっている)

「友だちがみてくれてるので」

「いいお友だちがいて良かったですね。寂しいって泣いてないですかね。ママの顔見たくてもコロナで面会制限してますからね。堀川さんもお子さんと早く会いたいでしょう」

(そうか、普通は面会したいって言うんだ。コロナはイヤだけど、面会制限のおかげで怪しまれない。助かった)

「今はスマホがあるからメールで写真を送ってくるからいいですね」

看護師は勝手に決めつけている。

(普通のひとは子どもの顔を見たいと思ったり、子どもも母親に会いたいと思うんだ)

母に棄《す》てられてから会いたいと思ったことはない。普通のひとと自分はやはり違うと美沙はしみじみ感じた。

体調がずいぶん回復してきた。

清掃の仕事が決まっていたのに出勤できなくなった。電話で謝ったが、「ほかのひとを採用する」と言われてしまった。また、最初から仕事探しをしなくてはいけない。家賃の引き落としが迫っているので気が気でない。

美沙が天井を見ながらこれからのことをぼんやり考えていると、自分とあまり年齢が違わなさそうな女性がやってきた。ショートカットで細い身を白衣で包んでいる。

「私、医療相談室のてらやまと申します。今後のことでお話がありますが、今、よろしいですか？」

「医療相談室？」

「ええ、医療や生活全般の相談にのります。よろしければ相談室でお話ししましょう」

名刺を差し出した。

〔大川病院医療相談室　相談室長　寺山のぞみ〕とある。

今後のことって何だろう。

腹が痛まないように右手を添えながらそろそろと歩き、相談室に入った。

クリーム色の壁に幼い少女のはじけるような笑顔の写真が貼られ、テーブルの一輪挿しにピンクのカーネーションが飾られている。

「ほうじ茶ですがどうぞ」

寺山はポットから急須に湯を注ぐと、細くて白い指で茶托《ちゃたく》に置いた茶碗を差し出した。茶托付きで出されたお茶を飲んだことがない。美沙は少々、戸惑いを覚えた。何か魂胆があるのか。それともここの流儀なのか。

香ばしい香りがする。

「おいしいですね」

「まあ、良かった。喜んでいただけて。お体の具合はいかがですか」

まっすぐ、美沙を見つめた。睫毛《まつげ》が長くて張りのある目が眩《まぶ》しい。

「あんなに痛かったことを思うと嘘《うそ》みたいです。先生のお話だとあとは日にち薬だと……」

「それは良かったですね」

やさしく微笑むと、言葉を継いだ。

「この保険証ですが、本当にあなたのものですか?」

いつの間にか、手に花南の国民健康保険証とひとり親家庭等医療証を持っている。

「えっ」

「ほかの方のものではないかと思うんですが……」

手術跡が急に痛くなった気がした。背中に冷汗が出てきて、手がじっとりしてくる。

偽者とばれたのだ。なぜわかったのか。どうしよう。警察に突き出されるのだろうか。カナンに迷惑がかかってはいけない。寺山の顔を見ることができず黙って俯《うつむ》いた。

「この病院の看護師に堀川さんのお子さんと同じクラスのひとがいます。カルテを見て、堀川さんが入院したと心配していたら、学校の保護者会で堀川さんに会ったそうです。病室を見たら知らないひとが入院していたので、何か事情があるのではとこちらに連絡がありました」

そうだ。カナンは小学生とまだ学校に通わない子どもがいた。そこからばれるとは。悪いことはできないものだ。入院費用が無料だと浮かれていたが、そんなにうまくいく筈《はず》がない。カナンに迷惑をかけてはいけない。

「……すみません。カナンさんの保険証を借りました。お金がなくて国民健康保険に入っていなくて……」

涙がじわじわ出てくる。ところどころ詰まりながら、ようやくの思いで事情を話した。

「お金は少しずつでも払いますから、警察へは連絡しないでください。カナンさんを責めないでください。カナンさんは悪くないです。悪いのは私です」

「そう、いろいろ大変でしたね。コロナのせいで失業された方は大ぜいみえて、影響が大きいですね。そういうときのために生活保護という制度があるんです」

寺山はまた、じいっと美沙を見つめた。

「セイホ。……知り合いがセイホだから大体わかります。私も対象になるんでしょうか？」

「ええ、もちろんですよ」

寺山はわかりやすく生活保護制度を説明した。自分のような若者が対象になるとは思ってもみなかった。しかし、親族への扶養照会には不安がある。幸太のように行方不明だった母が突然現れて金をせびるかもしれない。

「長い間交流がないとか、虐待されたことがあるときなどは、扶養照会しなくて良いことになっています。不安でしょうから、申請するときは私が区役所へ一緒に行きますよ」

寺山はやさしい表情だがきっぱりと言った。でも、春香は拒んだが扶養照会をされたではないか。

母がどんな顔をしていたのか、もう思い出せないが、絶対会いたくない。

「セイホはイヤです。殴ったり叩《たた》いた母が現れるかもしれないんです。お金は働いたら分割で必ず返します。なんとかお願いします」

必死の願いが通じたのか、寺山は再度、美沙の顔をじいっと見つめた。

「わかりました。でも、国民健康保険に加入していないと、かかった実費全額を払わないといけません。今から私と区役所へ行き、国保に加入の手続きをしましょう。加入は今日からですから、その前の分は実費になります。手術があるから高くつきますよ」

それでもかまわない。

「母に棄てられたんです。区役所は捜し出すんじゃないでしょうか。ひょっとして連絡がついて、来るかもしれません。一緒に施設にいたひとは急に親が現れてお金を出せと言われたんです」

いつの間にか、自分のものと思えぬ大きな声で訴えていた。

寺山は、そんな美沙を受け止めるように、やさしい目をして大きく頷いた。

「わかりました。実はこの病院は無料低額診療所でもあるんです」

「無料低額診療所？」

「医療が必要なのに生活が苦しくて支払いが困難な方に、無料または低額で最長三か月間診療を行っています。国保の自己負担分を病院が免除するんです」

そんなことができるのか。

「免除した分を病院が負担します。あなたの場合、全額免除はむずかしいかと思います。適用するかどうかを会議で検討します」

第九章　退去

美沙は大川病院の医療相談室長、寺山のぞみが運転する車で区役所へ行き、国民健康保険に加入する手続きをした。

会社の倒産後は賃金の安いパートや非正規職員の仕事を転々として、保険料を払う余裕がなかったため、無保険のままだったことをマッシュヘアの若い男性職員に話した。

「保険証は届け出をした日からしか使えません。今日以前の医療費は全額が自己負担です。保険料は加入した事実が発生した日に遡って払っていただきます」

職員は淡々と説明した。

遡って一挙に払うことはとてもできず分割して払うことになり、今後、相談することになった。

今後の保険料は、現在、入院中ということで減免を申請した。

「食べるのを我慢してでも国保に入っていたら、こんなことにならなかったのに……やはり悪いことはできないですね」

帰りの車内で後悔と自責の思いが礫《つぶて》となって飛んできて絡みつく。同時に、今でさえお金に困っているのに、入院費用と滞納分を含めた保険料をはたして払えるかという不安がざわざわと音を立てて広がってきた。

「保険料が高くて国民健康保険に入っていないひとが結構いるんですよ。個人的な問題ではなく、まさに政治の問題ですね」

寺山は前を見ながらきっぱりと言った。

政治の問題。そんなことを考えたこともない。自分とつながっているのだろうか。

窓の外はコロナが少々落ち着いたと報道されているからか、歩いているひとが多い。

今年は暑い日が続き、そのせいか、もう公園の花壇で深紅とクリーム色のバラが咲いているのが見える。

「私は子どもの頃、母を乳がんで亡くしました。父が長く失業していて貧しかったので、母はずっと我慢して治療しなかったのです。子どもを置いて死ねないと泣いていた母の顔が今も浮かんできます。あのとき早く治療していたら、お金さえあったらと思います」

信号が赤になり、車が停まった。

「桐山《きりやま》さんはたしかにいけないことをしましたが、生きるのに必死だったのですから、あまり自分を責めないでくださいね。今夜、会議で無料低額診療に該当するかどうかを検討します。病院が実費全額を負担することはむずかしいと思いますが、少しでも桐山さんの負担が軽くなるように頑張って発言します」

寺山は美沙を見て花の蕾《つぼみ》が膨らむようにそっと微笑んだ。叱責せず包み込むようなその態度に、美沙はいたたまれない気持ちでいっぱいになった。

自宅でしばらく療養するように念を押されたあと、退院の許可が出た。五日間入院した。長く入院するとその分余計に金がかかる。五日で済んだのは良かったかもしれない。

毎月五〇〇〇円を二〇回、病院へ支払うことになった。収入が多くなれば返済月額を増額する。カナンから国民健康保険証を借りたことはやむを得ない事情があったと考慮され、心配していた警察への通報もなくほっとした。

「ありがとうございます。カナンさんを巻き込んでは申し訳ないので助かります。医療費は働けるようになったら必ずお返しします」

不安はあるものの、寺山のためにも必ず返済をしなくてはと自身を奮い立たせる。

退院後、その足で華子やカナンにお礼を言うために、キャバクラらぶらぶを訪れた。入口に置かれた鉢植えがピンクとオレンジ色のカーネーションになっている。華子の母が丹念に育てているものだ。

カーネーションを見ると児童養護施設若葉苑《わかばえん》で一緒に過ごし、母に引き取られたあと殺されたゆかりを思い出し、もやもやとした気持ちに襲われる。母の日が近づいた頃、ゆかりが「ママにこれあげる」と言いながら、画用紙いっぱいに赤いカーネーションを描いたことがある。母からいつも叩《たた》かれたり殴られていた美沙は驚いてゆかりの顔を見た。ゆかりはアンパンマンの歌をうたいながら楽しそうに手を動かしていた。ゆかりにとって母を思っていた頃が一番幸せだったのかもしれない。あの絵を渡せたのだろうか。

狭い更衣室は出勤前のメイクで忙しいキャストたちで混みあっている。

「カナンさん、本当にごめんなさい」

「気にせんでいいよ。困ったときはお互いさま。手術が無事に済んで良かったね」

カナンは手鏡を持って眉をしっかり描きながらさばさばした表情を見せた。

「まさか、うちの子とクラスが一緒のママが看護師とは思わんかった。挨拶《あいさつ》するけどどんな仕事しているか聞いたことないもん。大抵のひとはキャバクラに勤めているとわかると、ヘンな顔したりよそよそしくなるけど、あのママは『大変でしょ』と言ってくれた。大騒ぎせずに何か事情があると思ってくれたんだね。いいひとで良かった」

「いい考えと思ったんだけどねぇ。税金高いからこれくらいお目こぼししてほしいな」

華子は分厚い唇にラメ入り口紅を塗りながらまだ残念そうな口ぶりだ。

「見つけた仕事はおじゃんになったんやろ。また仕事探しでえらいことやなぁ」

「はい、また、探します」

不安な気もするが、求人誌とスマホでハローワークを検索するつもりだ。重い物を持つことは当面、避けるように言われている。まだ手術跡が痛むことがある。しばらくは、あまり体力を使う仕事は無理かもしれない。

「春香さんのことはその後、メディアが報道せんでわからんわ。心配やな」

朝夕新聞の平埼記者から何の連絡もないから、春香の怪我《けが》はまだ良くないのだろうか。

事務室の支配人に挨拶に行った。

「金がなくて困っとるだろう。この前まで働いた分を清算しておいた」

通常は翌月に銀行振り込みにするが、金がないとわかっているのだろう。現金で渡してくれた。

一万五〇〇〇円ある。役立たなかったのに申し訳なくなる。

「いろいろご迷惑をおかけしてすみません。お金がないので助かります」

ありがたく受け取った。貯金の口座はゼロに近い。早く仕事を見つけなければと焦る気持ちがまた出てくる。

「これ、どうぞ」

ママが手提げ紙袋を差し出した。

「柔らかく煮たものばかりだからおなかにいいと思うわ。体、大事にしてね」

タッパーウェアに詰めたものがビニール袋に入っている。

「家へ帰ってのお楽しみよ」

クールな美人で近寄りがたいと思っていたが、柔らかな笑みをたたえている。胸がじいんとして受け取るとき手が震えた。

しばらくぶりの我が家だ。ドアに鍵をさしこんだが鍵がまわらない。どうしたのだろう。まさか、泥棒？　手と足がガクガクしてきた。

ドアの上の方に折りたたんだ紙がセロハンテープで貼り付けてある。急いで開いた。管理会社からだ。

家賃支払いがないため退去とみなす。鍵を取り換えたと書いてある。家賃が引き落としできなかったからだ。しかし、一か月支払いが遅れただけで退去とはひどいではないか。

紙の下部にある管理会社へ電話した。

「鍵が開けられずに中へ入れません。紙が貼ってあったので電話しました」

「どこのアパート？」

そんざいな口調の男性だ。

「西原アパートの二〇一です。桐山です」

「ああ、配達証明書を送ったが不在で戻ってきた。緊急連絡先に電話したが使われていないという返事だ。ほんとに住んでいる？　契約書では一か月滞納したら退去だよ」

緊急連絡先は若葉苑の苑長先生に頼んだが亡くなったあと、誰にも頼めないからそのままにしていた。

「そんな……困ります。入院してたんです」

「困るのはこっちだよ。こっちも商売だからね。家賃を支払えば、今ならすぐ入れるようにする。契約書を見てほしいね」

契約書は室内にある。

「あとで文句言われると困るから、今、契約書をスマホに送ろうか」

スマホの番号を教えると、すぐ契約書がメールで送られてきた。いくつかの項目の中に家賃滞納について記載がある。

〔賃貸借料の支払いを一か月以上怠った場合は何らかの催促をせずに本契約を解除する。滞納及び無断退去時に、荷物は賃貸人が処分する〕

賃借人に自分の氏名と押印がある。

こんな内容だったろうかと考えるが、ずいぶん前のことでよく覚えていない。今まで遅れないように支払ってきた。それなのに厳しい対応だ。部屋に入れなければ家なしになってしまう。以前、映像で見た公園で野宿するひとの姿が浮かんできた。

「少しずつ分けて払うのは駄目でしょうか」

今日、受け取った一万五〇〇〇円がある。家賃は五万円だ。

「契約書にそんなことは書いてないだろう。こっちは敷金とってないから、滞納されたらお手上げなんだ。お情けで三日待ってやるから全額用意できたら連絡して」

「それまでに用意できなかったら……」

「それまでのことさ」

「荷物が置いてあるんですが……」

「退去のとき、処分すると書いてあるだろう。しかし、引き取るなら渡すよ」

男は冷たく言うと電話を切った。

敷金が不要ということでここに決めたのだが、世の中は甘くなかった。

どうしたら良いのだろう。

家がないと、ホームレスになってしまう。

着替えは入院した日に、華子に頼んでアパートから持ってきてもらった下着とパジャマ、トレーナーしかない。冬物は良いとしても、これからは夏物が必要だ。新たに買うことを考えると惜しくて涙が出てくる。

次から次に自分を苦しめることが起きる。コロナのせいで失業し、虫垂炎になった。自分は大きな幸せなんか望んでいない。

毎日、ご飯が食べられてなんとか健康で暮らすことができれば良い。そんなことがどうしてできないのだろう。大きな望みとでもいうのだろうか。

陽《ひ》がさんさんと降り注いでいる。陽は誰にも公平に注ぐのに、家を確保して生きていくことは大変なことだ。

お金を誰か貸してくれないだろうか。華子の顔が浮かんだ。だが、いつも頼っているばかりで申し訳ない。仕事でも迷惑をかけた。

　幸太はどうしているだろう。お金を借りることはともかく、何かいい知恵があるかもしれない。電話をした。前と同じく切断されている。瞬間、誰からも見放された気がした。


　近くのスーパーに買い物客のための椅子が並べられているのを思い出して足を運んだ。途中、行きかうひとは何も悩みがないように見える。小型犬を散歩させている日傘をさした女性は華やかなグリーンのワンピースを着ている。犬はたしか八〇万円くらいすると聞いたことがある。自分のように今日、寝る所もなくて困っているのに犬に金をかけるひともいる。この違いはどこからきたのか。理不尽な気がするが、どうすることもできない。

　フロアの椅子では高齢の男性が居眠りしていたり、小声で話し合っている女性客がいる。家にいると余分な電気代がかかるから、ここにいるのかもしれない。

　三階まで行き、隅の椅子を見つけて座った。誰もいない。これからどうするか考えているうちに、歩いたり管理会社と話した疲れが出てきたのか、知らない間にうとうとした。

　迷子を知らせる放送で目をさました。もう夕方六時だ。

　ママから渡されたタッパーウェアをあけた。ごはん、鯵《あじ》のムニエル、切り干し大根と人参の煮物、卵焼き、ほうれん草のお浸し、キュウリの酢のもの、ブロッコリーとミニトマト。少量ずつ入っていて彩りも良くおいしそうだ。

ママはこんな心のこもった料理をいつも支配人に食べさせているのか。ぶっきらぼうな支配人が羨ましくなる。

リュックから箸を取り出して口に入れた。控えめな味付けで口に広がると元気が出るような気がする。

不安が残るものの、おなかが満たされてくると、家がなければ寮のある会社を探そうという気になってきた。

食べ終わり、洗面所でタッパーウェアと箸を洗い、鏡を見ながら歯を磨いた。

また痩《や》せたようで、顎がほっそりしている。小さな細い目。血色の良くない頰《ほお》。高いと言えない鼻。どこといって特徴のない平凡な顔だ。いつも自信がないためか顔に艶がなく、生き生きしていない。

美人に生まれていたら、もっと違った生き方があったのだろうか。らぶらぶでも、華子たちに迷惑をかけずに上手に泳ぐことができただろうか。

ないものねだり。

口にしてトイレを出た。

泊まる所がないため漫画喫茶に行くことにした。スマホで検索し、二階が女性専用になっている夜九時から翌朝六時までの宿泊パック一六八〇円を予約した。時間ギリギリまでスーパーの椅子で時間をつぶした。腹の手術跡がしくしくする。

漫画喫茶の部屋はひとりが横になれるくらいの椅子と小型テレビが置いてある。

三時間以上の利用者はシャワーを無料で二〇分使用でき、バスタオルも無料で借りられる。タオルは入院していたときに二本買った。シャワー室は三か所あるが混んでいるため予約制で、二時間待ってようやく利用できた。大急ぎで体と髪を洗い洗濯もすませた。固く絞って部屋にあるハンガーに干した。

一階玄関ロビーにある無料のフリードリンクで温かな紅茶を入れていると、女性の利用客が多いことに気づいた。若いひとも中年も高齢者もいる。自分と同じように住む所がないひとがこんなにもいるのかと驚く。誰も喋《しゃべ》らず湿っぽくやつれた顔をしている。

幸太にまた電話したが切断したままだ。「相談したいことがあります」とショートメールを送った。届くだろうか。

どうするか。三日のうちに金が作れないなら部屋を出なくてはいけない。とても用意できそうにない。寮のある仕事をスマホで検索すると製造業がある。自動車の部品作りで工場は遠方の郊外だ。どうしようかと考えるが決められない。あきらめて横になったが、疲れているのに頭が冴《さ》え冴えとしてくる。

ロビーにお茶を取りに行った。黄色の服を着た先客がココアを入れていた。ショートのカーリーヘア。背が高くてがっちりした肩幅の女性だ。女性がふり返った。

「あ」

同時に声を発していた。飲食店ワンダフルの元同僚で、コロナに罹患《りかん》した原田めぐみだ。

「体はもう良いのですか?」

「ふふ、大変だったわ。……ようやく治ったわ。どう、あそこで話さない?」

原田は共用スペースを指さした。

「ええ」

こんな所で会うとは思いもよらなかった。零時を過ぎているせいか、テーブルとソファのある共用スペースは誰もいない。

「コロナで二週間も入院したの。退院しても頭が痛くて寝たり起きたり……、ようやく元に戻ってもクビになるし金はなし。暴力をふるった彼氏は警察へ呼ばれて帰ってきたら、私のせいでこうなったと八つ当たりして」

「……」

八歳年下のバイトを転々としていた男とは籍が入っていなくて、原田の稼ぎを頼りにしていたこともあり、ケンカの末出ていった。すぐかっとなり暴力をふるうので潮時だったかもしれないとあっさりした口調だ。

家賃が払えなくなりアパートを出た。仕事もなく、恥ずかしかったが炊き出しの場に並び、ボランティアから生活保護の利用を勧められた。

恐る恐る役所へ行き相談した。姉が大学の教員をしていることを知ると、扶養照会をすると言われた。男と同棲《どうせい》したとき姉が反対したので何を言われるかわからない。照会を拒んだが言い分を聞いてもらえなかった。

「姉は高校を中退した私と違って小さいときから優秀で、進学校から大学もすいすい。今はけっこう名が知れた学者になってテレビにも出ている。メディアにわかったら大ごと。照会されたら激怒するわ。両親は亡くなっているから頼れるひとはもういない。結局、セイホを利用できんかった」

美沙も母親を捜し出されるのがイヤで、利用しなかった。

「美沙さんは？」

キャバクラで働いたがどうしても合わない。虫垂炎で入院手術して、決まっていた仕事ができなくなり、家賃が払えずにあと二日のうちに金を払わないと退去になることを話した。

「キャバクラか。美沙さん、地味だから合わない気がするけど、よくやってたね」

原田は感心したような声を出した。

「どっか行く予定ある？」

「住み込みで、寮のある所を探そうと思っているけど……」

「私、これ、行こうと思ってる。どう？」

原田はカバンからチラシを取り出した。

〔キャベツ収穫作業短期要員募集
群馬県A村　ニコニコ農園
日給一万円以上可　一〇月末まで仕事あり
早朝から午後四時頃まで　休憩二時間
食事補助あり
寮あり（個室又は二人部屋）
徒歩三分に温泉あり
詳細はお問い合わせください〕
若い女性がキャベツを運んでいる写真の下に電話番号とメールアドレスがある。
「私、男断ちしようと思って」
「男断ち？」
「あんな男に一〇年以上、身も心も金も捧げていたの。私、面食いでね。ちょっといい男に弱くてさ。来月、五〇歳の大台にのるからここらで心機一転しようと思って……。キャベツを相手だったら、ヘンな気も起きずにまともに稼げるんじゃないかと思ってね。電話したらぜひ来てくれって。明日、行くつもり。美沙さんもどう？」
「……私、体力ないけどできるかしら。虫垂炎の手術跡がまだ、ときどき痛むの」
「体力がないひとには、あまり稼げないけど、それなりの仕事はあるようよ。時間を短くするとかもしてくれるみたい。人手がないから、それこそ猫の手も借りたいのよ。温泉が近くにあるのも魅力ね。手術したあとも温泉に入れれば良くなるわよ」

原田は熱心に勧める。

行ってみようか。ここにいても仕事はないし、住む所もない。一〇月末まで働いて金を貯め、またここへ戻ってアパートを借り、別の仕事を探せば良い。大川病院に返済する金や滞納保険料も作らねばならない。

幸太からの連絡もない。ひとに頼っていては駄目だ。自分で切り開いていかねば。

「二四時間受け付けているから申し込むわよ。体力がないから最初は短時間勤務にしてくださいと書くね」

原田がスマホのメールで申し込んだ。一五分ほどして返事がきた。

「ほら、お待ちしていますって。喜んでいる」

高速バスがN駅から松本駅まで出ているので予約した。

「朝、七時ジャスト出発。三時間半くらいで着くわ。丁度、オーナーが松本に用事で来るので農園まで乗せて行ってくれる。松本駅から二時間だって。ふたりだと心強いわ。そいじゃあ、明日に備えてもう寝ようか」

原田は黒く大きな目を光らせて笑った。

部屋へ戻って横になりながら、苑長に言われて真っ先に買った喪服が浮かんだ。電気炊飯器も布団も捨てられてしまう。こつこつ金を貯めて買った物ばかりで惜しい気がするが、取りに行く暇もない。仕方がないと自分を宥《なだ》める。

キャベツの収穫は辛《つら》いかもしれない。しかし、住む家がないから頑張らなければ誰も助けてくれない。

いいことは何もない。私の人生はこんなものか、涙がひとしずく流れたのをそのままにした。

第一〇章　キャベツ畑

朝四時。あたりはまだ暗い。

ニコニコ農園は高原にあるせいか、五月というのに冷え冷えとしている。美沙は一枚だけ持っている長袖のトレーナーを着たが、袖を通して寒さがじいんと伝わってきた。

昨日、原田めぐみと松本駅に着いたあと、迎えに来た農園の車に乗ってこの村に来た。

「キャベツ収穫は早朝が勝負。四時から作業を開始して関東や中部地方に出荷する。三時半には起きてラジオ体操をして体をしっかりほぐす。足腰が痛くなるから気をつけて。試用期間は一週間。その間に遅刻したときはすぐ辞めてもらう」

農園についてひと通り説明したあと、農園主の笹田《ささだ》が美沙と原田の顔にじいっと目を据えながら言った。

N市から高速バスで来るとき、原田が車内で「人手不足だから待遇いいらしいよ」と訳知り顔で言ったが、そんな甘いものではないとふたりとも身をひきしめた。

働くことはどこでも厳しい。

美沙は昨夜、仕事のことを考え、そのうえ、遅刻をしてはいけないと思うと心配でよく眠れなかった。まだ体が十分、目覚めていない。

ぼんやりした頭で貸与された作業用ズボンとエプロン、手袋を身に着け、原田めぐみと寮を出て農場の入口に行った。

ズボンもエプロンも洗濯はしてあるが何回も水を潜っている古びた物だ。小柄な美沙にはズボンのサイズが大きいが、幸いウエストは伸縮性があるゴムだ。裾を二回折り曲げると足の長さになり穿《は》くことができた。

「眠気を払って稼がなくちゃ」

原田は自分の頰《ほお》をパシパシと叩《たた》いて気合を入れている。

笹田は日焼けした大きな顔とぎょろりとした目、がっしりした体つきの男性で顔には皺《しわ》が刻まれている。やや薄くなった頭をタオルで覆っている。

「ここは外で働くからいつも換気しているようなものだ。離れて働くからマスクはいらない。でも、コロナが心配だったらマスクをつけても良いよ」

キャベツを切る専門の包丁と収穫したキャベツを入れる段ボール箱を渡された。包丁は家庭で使う料理用よりやや小ぶりだ。

暗いため各自が頭につけているヘッドライトがキャベツ畑をぼんやり照らすと、野球のグローブほどもあるよく育ったキャベツがどこまでも連なっているのが見える。

「ほとんどのキャベツがもう収穫できるが、中にはまだ小さい物がある。それは採らずにそのままにしておく。外の葉を二枚くらい広げたあとキャベツを少し斜めにして、滑らせるように根元に包丁を入れるとうまくいく。茎が残っていたらまた切る」

笹田は説明しながら大きな分厚い手で実際に切って見せた。スパッと鮮やかな切り口だ。美沙と原田のヘッドライトが交差して、ナイフが一瞬、銀色に光った。

「段ボール箱に入れるときに傷がついたら売り物にならないから、忙しいけど丁寧に入れるように。ふたりとも初めてだから慌てなくていい。自分のペースで良いから確実にきちんと収穫するように。いいね。段ボール箱は各自が畑まで持っていく」

八個ほど入る段ボール箱がいっぱいになったら、キャベツ畑沿いに停めているトラックまで運ぶ。そこではふたりのベトナム人実習生が待ち構えていてトラックに積み込む。

トラックがいっぱいになると笹田が運転して市場へ運ぶ。収穫した数や段ボール運びによって、賃金が違う。

美沙はここで無事に働けるだろうかと一抹の不安が湧きあがり、空を見上げた。

鳥もまだ眠っている時間だろうか。黒い空はしいんとして音もしない。

美沙は虫垂炎の手術跡がまだときどき痛むことを考え、当面、賃金は安くなるが、段ボール箱運びはベトナム人に頼み、収穫のみをすることにした。笹田も了承した。

原田は段ボール箱を脇に置いて作業にとりかかっている。一円でも多く稼ぎたいと言っていたから必死という様子が伝わってきた。

ほとんどのキャベツが収穫を待っていたかのように大きく育っている。教えられたように外側の葉を二枚ほど広げると、瑞々《みずみず》しいキャベツがもっこりと顔を出した。自分の手とキャベツを傷つけないように一気に切る。しかし、葉が幾分残ってしまった。切るのもむずかしい。持ち上げるとずっしりと重い。そっと抱えて段ボール箱に入れた。

「こうして腕を動かして。変な動きをすると腕や腰が痛くなるから気をつけてね」

隣で美沙の動きを見ていた笹田の妻で、従業員からおかみさんと呼ばれているひとがお手本を見せる。

「はい」

おかみさんの傍らで、知的障がいがあり、今年、特別支援学校高等部を卒業したばかりの娘、ダウン症のあっちゃんが、大好きという韓国の男性グループの歌をイヤホンで聞きながらときどき体を揺らし、地面に腰を落としてゆっくり丁寧に切っている。

手や腕がしびれてきた。

「最初は誰でもそうだからゆっくりで良いよ」

おかみさんが声をかけてきた。背は低いが手も腕も腰回りも太くて頑丈などっしりした樹《き》を思わせる。すばやく手を動かし、傍らに置いた段ボール箱がすぐいっぱいになる。運ぶときもエイッと気合をかけて軽々と持ち上げる。どんなコツがあるのか、はたして自分もできるようになるのか。美沙は違う世界に来たような気がした。

最初は慎重に行っていたが、だんだん慣れて要領もつかめてきた。朝起きたときは寒さを感じたのに、額に汗が滲《にじ》んできた。

かがんで切っていると、次第に腰や足が痛くなってきた。そのうえ、朝露で地面が濡れているせいで、ズボンもスニーカーも水分を吸ってべっとりしてきた。

「ときどき、立ち上がって背伸びしてごらん」

おかみさんが自分も両手をあげて万歳の格好をとりながら声をかけてきた。

美沙も立ち上がり同じ姿勢をとった。

「その次は両腰に手を当ててぎゅっと押すと良いよ。ほら、こうして」

おかみさんの言う通りにすると、なるほど、腰の痛みが少し引いていくようだ。

次第に空が明るくなりヘッドライトの光がいらなくなった。前の方で原田が同じく伸びをしているのが見えた。

ようやく朝食の七時になった。

おかみさんがあっちゃんとパートの女性を助手にして作る。

大きな食堂にどっしりとしたテーブルがふたつ据えられ、一〇人ほどが食事できる。

美沙と原田はほかの従業員に紹介された。

背が高く、背中まである髪をひとまとめにしてうしろで結んだ今川、まだ少年の面影を残した丸顔の立石、顔中髭《ひげ》だらけかと思われる福井のいずれも男性。パートの女性がひとり。ベトナムからの男性実習生ふたり。二〇代と思われる立石を除いて全員、美沙より年上だ。

コロナ対策のためテーブルはアクリル板で仕切りがしてあり、壁に「もくしょく」と平仮名で書いた大きな紙が貼ってある。

食事は三食とも用意され半額の補助がある。お代わり自由で、ご飯とキャベツ入りメンチカツ。キャベツとトマト、ハムのサラダ。キャベツ、豆腐、油揚げ、人参が入った具だくさんの味噌汁《みそしる》。じゃが芋と人参の煮物。大根、人参、キュウリ、キャベツの漬物が献立だ。ヨーグルトと牛乳も添えられている。

「わあ、キャベツずくめ。朝からメンチカツとは豪華!」

原田が嬉《うれ》しそうな声を出した。

「これくらい食べんと重労働はできんからな」

向かい側に座っている今川がにやりと笑いながら応じた。眉が濃く鼻がすっきりと高い。左頰にひと筋傷跡があり怖そうな顔だが、笑うとひと懐っこい感じがする。

キャベツは嚙《か》みしめると甘みが広がり、体の隅々まで栄養が行き渡るようだ。N市にいたとき、スーパーの野菜は高いのでもっぱらもやしばかりを買い、ときどき、冷凍のほうれん草おひたしを口にするくらいだった。

キャベツもトマトも人参、じゃが芋もすべて採れたてでおいしい。小食の美沙も食がすすむ。お世話になった華子やキャストたちにも食べてもらいたい。落ち着いたら、自分が採ったキャベツを宅配便で送ろうと思った。

「覚悟はしてたけど腰が痛くなるね」

隣に座った原田が小声で言う。

「ちょっと横になろう」

原田は食べたあと美沙を誘った。農園事務所のすぐ裏に寮がある。朝食後の休憩時間は三〇分だ。カーテンで仕切ったふたり部屋。ベッドとテレビ、共用のタンス、お茶の入ったポット、コップがあるだけだ。個室もあるが、すでにほかの従業員が入っていて、ここしか空いていなかった。寮費は無料だ。

「ご飯を作らなくていいのはありがたいね」

原田は寝ころびながら思い切り腕を伸ばした。食事作りがないのは体が楽だ。

美沙も横になった。目を閉じているとスマホの着信音がした。金田幸太からだ。スマホを持って外へ出た。

「悪かったな。連絡しないで」

「うん」

「どうした?」

今頃、電話をしてきても遅かったと思いながら、家賃が払えなくて住む所がなくなり、キャベツ農園に来ていることを話した。

「そうか……、大変だな。ごめんな。いろいろあって九州へ行くことになったんだ」

「九州?」

「ここにいるのがやばくなった」

「えっ、どうして?」

「やっぱ、朝鮮人はいいように使われる。使うだけ使ってあとはポイだ。店を持って美沙と一緒に働こうと思ったけどな。金もとられてしまったから美沙が困っているのに助けてやれん……。悪いな」

「どうして九州へ行くの? 行って何をするの?」

「以前、面倒みてくれた兄貴が九州にいて、呼んでくれた。まだ何の仕事をするかはわからない……」

「そんな……、危ない仕事じゃないの?」

「大丈夫。今までもなんとかやってきたんだ。大丈夫だ」

幸太のこんな思い詰めたようなかすれた声は聞いたことがない。大丈夫と二回も繰り返して自分を納得させようとしているのではないか。幸太の仕事はいつも何かぼんやりとした暗さがある。

「美沙、……おれ、美沙のことが……」

沈黙が続く。

「なに？」

突然、電話が切れた。慌てて電話をしたが切断されていてかからない。

「美沙さん、時間だよ」

原田が外へ出て来て、「彼氏から？」と笑いながらさっさと農場へ行く。

とぼとぼとあとに続く。

幸太の身に何が起きたのだろう。金もなくなり九州へ行かざるを得ないようだ。最後に言った「おれ、美沙のことが……」は何を伝えたかったのか。

ぼうっと幸太のことを考えていると包丁を持つ手が滑って、もう少しで指を切りそうになった。

「気をつけて」

おかみさんの声がまっすぐ飛んできた。あっちゃんにも目配りし、ときどき注意する。体全体に目がついているのかもしれない。

昼食時間になり、食べる前に幸太へ電話したが切断されている。返事はないだろうと思いながら「落ち着いたら連絡ください」とショートメールを打った。

打ったあと、遠くを見ると黒っぽいどっしりとした山が聳《そび》えている。あたりを遮るものがないせいかすぐ近くのように感じる。なんという名の山だろう。

イヤなことや心配なことを寄せつけないように、すがすがしく堂々としている。

幸太に「山が見えていい所だよ。九州に行かずにここへおいでよ。一緒に働こう」と言えば良かったと思った。


寮を出ると数本のケヤキが濃い緑の葉を広げている道が続き、徒歩三分の所に藍色の暖簾《のれん》がかかった小さな温泉があり、農園の従業員は一〇〇円で入れる。湯船は五人も入れば満員だが、温泉の質が良く、湯が豊富と評判で遠くの農園から車で来るひとたちもいる。

「ヒヒ、極楽、極楽。こんな近くに温泉があるなんて。若い頃、熱海に行ったことあるけど、あそこの湯と同じくらい、いい湯だわ。温泉に毎日入れるなんて夢みたい。仕事はきついけどいい所に来た。きっと肌がきれいになるわ。極楽、極楽」

原田は腕を伸ばして目を瞑《つぶ》りながら極楽を繰り返す。

美沙は初めて温泉というものに入った。児童養護施設若葉苑《わかばえん》でも就職した食品会社でもそんな機会はなかった。ぬるめの湯にゆっくりつかっていると足や腕の痛みが次第にとれていく。手術跡も良くなるような気がした。

「こうして、腕を、マッサージ」

湯船の隅で、あっちゃんが伸ばした腕をさすりながら声をかけてきた。

自分で収穫したばかりの、まだ水分をたっぷり含み鮮やかな緑色をしたキャベツを、キャバクラぶらぶと大川病院の寺山のぞみ宛てに、それぞれ二箱を宅配便で送った。一箱に八個入っているから多分、足りるだろう。

華子には、世話になって感謝している、家賃が払えず住む所がなくなり、しばらくキャベツ農園で働き貯金に励む、自分で箱詰めしたキャベツを送ったから皆さんで食べてくださいとメールを送った。

寺山にもお礼と、働いている所のキャベツを味わってください、給料が出たらお金は必ず振り込みますと同じくメールした。

「驚いたで。そんな所で働いて体は大丈夫か？　キャベツ、大きくて甘いなぁ。みんな大喜びや。ありがとう言うてるで。ママがおいしいロールキャベツを大鍋でたんと作ってくれて、みんなでモリモリ食べたわ」

華子が電話をかけてきた。

「アパートの管理会社はひどいことするな。許せへんな。支配人に聞いたら、弁護士に相談するとええらしいで」

華子がいきり立っているのが目に浮かぶようだ。弁護士に相談すると良かったのか。でも、弁護士の知り合いはいないし、相談料も払えないから仕方ない。

「あての所に来ても良かったんよ。古いけど空いている部屋があるで。おかあちゃんも心配してな。うちに来てもらえば言うてる。布団もあるで。なんで言わんかったんや」

自分のことのように怒ったり心配してくれる華子の心根に、目の奥がじいんとする。

「ありがとうございます。いつも華子さんに甘えてばかりだったから、しっかりするためにもここで一〇月末まで頑張ります」

「……そうかぁ、困ったらすぐ電話してな。みんなお互いさまだからな。あ、これ、おかあちゃんの受け売りや。ハハハ、あ、おかあちゃんはキャベツをスープにして食べてる。甘くて柔らかい言うてな」

品の良い母親がキャベツを小さな口に運ぶ姿が浮かんだ。本当の母娘《おやこ》でないのに気心が合っていて羨ましい。

寺山からメールが届いた。

〔わざわざ送っていただき恐縮しています。くれぐれもお体に気をつけてくださいね〕

寺山のやさし気な目がそっと瞬いたような気がした。


二週間に一回の休みがようやくやってきて、美沙は朝、温泉に入ったあと、ひたすら寝た。疲れがたまっているのか、どんなに寝ても足りない。昼ご飯を食べてまた温泉に入り、そのあともうとうとしていた。

枕元に置いているスマホが鳴った。

幸太かと思って取りあげると懐かしい声が飛び込んできた。

「美沙さん、私、春香よ。メールを見たわ。心配してくれてありがとね」

大下春香だ。元気になったのか。声も以前と同じ温かみのある口調だ。

「……」

思いがけなくてしばらく口がきけない。

「……大変だったね。もう大丈夫なの？」

「うん、腹や足を刺された。二回も手術して、今、リハビリで歩く練習してる」

「良かった。安心したわ。お子さんたちは？」

「目の前で事件が起きて、ショックだったと思うよ。暴力をふるったのが実の父親で、しかも亡くなったからね」

「きっと驚いたよね」

「児童相談所で状況を何回も聞かれたんだって。揉《も》み合った際、あのひとが誤って自分で刺したのが亡くなった原因とわかってほっとしたみたい」

子どもたちは罪に問われることはない。良かったという思いが体中を駆けめぐる。

「私が退院するまで三人とも施設にいる。同じ施設だから助け合っているって。コロナで面会できないからズームでお互いに顔を見ながら話している。私と話せるようになってから、みんな元気になったと施設の職員さんが言ってた」

「子どもさんたち、ひと安心したよね。きっと心が軽くなったね」

子どもたちは自分と同じように児童養護施設に入ったが、春香が退院すればまた一緒に暮らせる。イヤなことがあっても、その日を目標に頑張れるに違いない。三人が同じ施設というのも心強いだろう。

「美沙さんはどうしてるの？　仕事見つかったの？」

こんなに自分が大変なときでも心配してくれる。嬉しくて心がじわんじわんと弾む。

虫垂炎の手術をしたこと、家賃が払えずアパートを出されて、キャベツ農園で働いていることを話した。

「苦労してるのね。それなのに私のことを心配してくれてありがとう。嬉しいわ。元気になったら会おうね。長く電話できないから、またね」

名残惜しそうに電話を切った。

助かったのだ。

気がかりだった春香からの電話は、やさしい声と相まって気持ちがやわらぐ。

子どもたちも嬉しい思いに包まれたに違いない。リハビリがうまくいき、四人で暮らすことができるようになったら、キャベツをお土産に自宅を訪問したい。

今度は自分がキャベツをたっぷり使った焼きうどんを作って食べさせたい。早くその時が来るように。心が温かくなり、胸の中にぽっ、ぽっと色とりどりの花が次々と咲いたような気がした。

夕食後、美沙が部屋に戻る際に食堂でポットにお茶を入れていると、電話をしていたおかみさんの声が急に大きくなった。

「みなしごを育てるって？　子どもを育てたこともないのにそんなことできやしないよ。えっ、その子を連れてこっちへ帰るって？　仕事は辞めた？　タカヤさんは何と言ってるんだい？」

どうやら長女が相手のようだ。

美沙と原田がN市に住んでいたと言ったとき「うちの長女も結婚してN市に住んでいる。忙しいからと、ちっとも帰ってこない」と半ばあきらめたように言ったことがある。

みなしご。私と同じ。育てるってどういうことか。長女はN市の大学を出て、そのまま広告会社に就職したと聞いている。

おかみさんが乱暴に電話を置いた。

「だあれ？」

あっちゃんが紅茶を飲みながら訊《たず》ねた。あっちゃんは長女とふたり姉妹だ。

「……ねえちゃん」

「ねえちゃん、帰って来るの？」

「まったく何を考えてるかわかりゃしない……。明日、みなしごを連れてこっちへ来るんだって」

おかみさんがぶっきらぼうに答えた。

「みなしごってなあに?」

あっちゃんが不思議そうに聞く。

私のことよ。

美沙はそう答えたい思いに駆られたが黙っていた。「みなしご」といじめられ、俯《うつむ》いている幼い自分の姿がまざまざと浮かんできた。

第一一章　再会

美沙は農園での厳しく規則正しい生活に慣れてきた。朝三時半に起床。早朝が勝負と言われ、四時から七時の朝食までひたすらキャベツを切る。手や腕がひりひりと痛く、まるで棒のようになる。七時に朝食。三〇分の休憩のあと、またキャベツ収穫。正午、昼食。九〇分休憩。キャベツ畑へ。三時おやつ。三〇分休憩。その後、翌日使用する段ボール箱組み立て。五時に仕事が終わると急いで温泉に入り体を休める。

求人チラシでは仕事は四時までとなっていたが、キャベツが豊作で五時まで延長になった。体はきついが収入は増える。

六時夕食。その後、自由時間。朝が早いので九時にはベッドに入る。毎日、キャベツを相手にして、夢にまでずっしり重いキャベツがずらりと並ぶ光景が出てくるようになった。

手術後の痛みもなくなってきたので、収穫したキャベツを入れた段ボール箱をトラックまで運ぶことも始めた。

「美沙さん、この頃、キャベツの切り方がうまくなったね。以前に比べてご飯もよく食べるようになって顔色も良いし、仕事がきついのに表情も明るくなったね」

おかみさんが腰痛予防体操を教えてくれながら目を細めた。


夕食時、原田は今川や福井と酒を呑《の》むことが多くなった。立石はタバコも酒もやらず夕食がすむとさっさと部屋へ戻り、スマホでゲームをする。ベトナム人ふたりも故郷へ仕送りを増やしたいと無駄金を使わず、ときどき寮で缶ビールを呑むくらいだ。

「美沙さん、一杯、やらんかね」

顔を赤らめた今川が声をかけてきた。テーブルの上には缶ビールや酒ビンが並んでいる。

「私、呑めないので……」

「キャバクラにいたんだろう。一杯くらいつき合えよ」

今川が何でも知っているという顔をした。

「ちょっとお酌してくれんかな。仲良く呑もうや。若い美沙さんが一緒だとうまいぜ」

顔中髭《ひげ》だらけの福井の声があとに続いた。

お酌をする。なぜ、そんなことを言われなければならないのか。ここは居酒屋ではない。キャバクラで働いていたことを原田が喋《しゃべ》ったに違いない。じわじわと怒りが湧いてくる。

原田を見ると、今川に寄りかかるようにして首を前に突き出しながら缶ビールをごくりと呑んだところだ。視線を感じたのか横を向いた。原田に話したことを後悔したがもう遅い。こんなひとたちと話すのもイヤだ。

「お断りします。お酌なんかしません」

突然、自分でも思いがけない大きな声が出た。三人を順番に見てから席を立った。

「ああ、怒っちゃったぁ」

今川がおどけたかん高い声を出す。

「美沙さんのいるキャバクラへ行ってみたかったな。きっとサービス良かったぜ」

今川に追従するような福井の声が続いた。途端に卑しい笑い声がザーと起きた。

キャベツ畑で働いているのに、なぜキャストの真似をしなければならないのか。

キャバクラで働いていたと低く見ている。夜の商売はやむにやまれず働いたのであって、好んで行ったのではない。それに、キャバクラで働いたからといってバカにされることではない。どこで働こうと自由だ。華子やミキたちのあっけらかんとした明るさ、カナンの気っぷの良さを知らないのだ。原田にも腹が立つ。少々、心を許して話したら男たちに告げる。面白おかしく言ったのかもしれない。

「キャバクラか。美沙さん、地味だから合わない気がするけど、よくやってたね」

と、さも感心したようなことを言ったではないか。

自分にも怒りが向く。言わなければ良かった。アパートを追い出され落ち込んでいたのでつい、口を滑らしてしまった。

自身が怒って言い返したことに自分で驚く。いつも言いたいことも言わず我慢することが多かったのに、今日は十分ではないが反論できた。

どうしたのだろう。この変化。

キャベツ畑で働いているうちに体力がついた気がする。それに比例して、心もしっかりせねばと思うようになったのだろうか。

気分転換をしたい。しかし、ここでは娯楽もなく、愚痴をこぼす相手もいない。

幸太が懐かしい。どうしているのだろう。

すごくイヤな目に遭ったよ、と言いたい。怒りをわかってくれるだろうか。自分がついていると言うだろうか。幸太が横にいてくれたらほっとするのではと、今まで感じたことのない気持ちがせりあがってきた。

美沙たちが昼食を終わったとき、濃い緑色の葉がみっしり茂っている樹《き》の向こうから、赤い色の乗用車が走ってくるのが見えた。

「あっ、ねえちゃんの車だっ」

バターをつけたじゃが芋をほおばっていたあっちゃんが急いで外へ走り出した。

運転席からポロシャツとジーンズの体の大きな男性が降り、助手席からベージュのブラウスに茶色のロングスカートの女性が現れた。女性はチャイルドシートから黄色の服を着た幼い子を抱き上げた。眠っているようだ。

駆け寄ったあっちゃんがその子どもの顔をのぞきこみ何か言っている。

後部座席に積んでいたいくつかの荷物をあっちゃんが取りあげ、にこにこしながら食堂まで運んできた。

いつも朗らかな声でよく喋るおかみさんは急に立ち上がり、背を向けて台所で食器を洗い始めた。従業員たちが顔を見合わせた。ぎこちない空気がどんよりと流れる。

「ごちそうさま。さあ、休憩しようぜ」

今川が大きな声で言いながら席を立つと、ほかのひとたちも、助かったというようにいっせいにあとに続いた。美沙も席を立とうとしながら、やって来た女性に目をとめた。

茶色に染めた髪を頂上でお団子にして、細面できりっとした目。細くてシャープな感じだ。あっちゃんは丸顔。ぽってりした体型で、姉妹でも雰囲気が全然違う。似ているのは色が白いことだ。

「おかあちゃん、ねえちゃんだよ」

あっちゃんがテーブルの上に荷物を置きながら大きな声でおかみさんに呼びかけた。おかみさんはようやく気がついたというように振り返った。

「お母さん、こんにちは。お世話になります」

長女は紙袋を差し出した。

「これ、お土産。お母さんの好きなN市名物のういろう。お父さんに焼酎、これはあっちゃんに。

みなさんにはクッキー」

「なーんも買ってこなくてもいいのに」

おかみさんは席を立ちそびれた美沙を見ると、急いで顔に笑いを張りつけた。

「美沙さん、長女のゆうなです。やさしい子に育つようにと、優しいの字にこのキャベツ畑を大事にするようにって、菜をつけたの。うしろは婿の隆也《たかや》さん」

「桐山《きりやま》美沙です。お世話になっています」

美沙は頭を下げると急ぎ足で食堂を出た。優菜と隆也がにこっとしながら会釈した。抱かれている子がみなしごだ。

何歳くらいだろう。寝ていて顔がよくわからないが、黄色のワンピースといい、肩までの髪にも同じ黄色のリボンをつけていて、かわいがられているようでほっとした。

みなしごを育てるとはどういうことだろう。里親になるのだろうか。

美沙がいた児童養護施設若葉苑《わかばえん》でも、肉親ではないひとに引き取られることがあった。親に棄《す》てられ施設でもうまくいかない子は、里親の元で暮らしたり、養子縁組されることを願っていた。

クリスマス会や運動会のときにときどき見慣れぬ大人がいて「○○ちゃんを見にきている。先生からお行儀よくしているように言われたんだって」という話がひそひそと囁《ささや》かれることもあった。

美沙も誰か親切なひとが現れてくれないかと思った。しかし、引き取られるのは素直でかわいらしく利発な子が多く、これといって特徴がなく目立たない美沙に目をとめるひとはいなかった。

引き取られても、親となるひとと子どもの関係がうまくいく場合もあれば、関係を築けないまま施設に戻って来る子もいた。

けんちゃんは一歳年下、小学三年生の男の子だった。

絵本で見る昔の武者のように眉が太く鼻が高い。涼やかな目はやや吊《つ》り上がり気味。女の子たちが「アイドルグループの子に似ている」と騒いだこともある。

額が秀でていて成績も良かった。よく気がつき、幼い子たちの面倒をみていたから誰彼となく好かれていた。

お別れ会をしてもらってみんなに羨ましがられながら張り切って出て行ったが、何か月かして帰って来た。

けんちゃんはおねしょがやまなかった。

応接室で、引き取ったひとが溜《た》め息をつきながら「私はもう少し時間をかければきっと良くなると言ったんですが、主人や主人の母が反対しまして。我が家にふさわしくないって」と言ったのを聞いた子が教えてくれた。

女のひとは自分で車を運転してきた。

「あれはベンツっていうんだ。外車だよ。金持ちが乗る車だ」と大声で叫ぶ子がいた。

子どもだった美沙の目から見ても高価そうな服を着て、ネックレス、指輪、イヤリングを身に着け上品な物腰だった。

子どもたちの話を総合すると、その家はお金持ちだが子どもができないため、児童養護施設の子どもの里親になり、将来は養子にすることを考えた。その家の跡取りになるのだから、賢い子でなければならない。職員からも子どもたちからも賢いと一目置かれているけんちゃんはぴったりだった。

父が亡くなり母とふたり暮らしだったが、男好きでパチンコに狂った母が出奔して行方がわからず、若葉苑に来た。

母に殴られたり放っておかれ、食べる物もない暮らしだったというのに、どこかのほほんとしていた。

小学一年生で若葉苑に来たときもまだおむつをしていた。母がおむつを取り替えることをしなかったためにお尻の皮膚が爛《ただ》れていた。職員がトイレトレーニングを根気よく教えてようやく昼間はとれたが、昼間の反動なのか夜は必ずおねしょをするのでおむつをはずせない。診察した医師は「心因性だからゆっくり時間をかけて」と言うばかりだ。

財産家の家では、おねしょなんてもってのほかだ。

戻って来たとき、あっけらかんとして「フフ、また、ここにいる」と笑ったが、おねしょは中学生になるまで続いた。

中学を卒業する頃、行方のわからなかった母が急に現れた。働かせて金を巻き上げることは明らかだったが、うん、うんと頷《うなず》いて母親の所へ戻ることを承諾した。

卒業式に母が迎えに来ることになっていたが、夜中に園庭を囲んでいる塀を乗り越え、リュックひとつを持って黙って出て行った。

大騒ぎになって警察にも届け出、近くの駅を捜したが、行方はわからないままだった。

痩《や》せて手足が細く長くてひょろひょろしていた。母からよく殴られたのに恨みごとも口にしなかった。

あんなに良い子でいたのはひょっとして演じていたのだろうか。ときどき、口をへの字にして目を細めて空を眺めていたが、あのときだけ自分を覆う鎧《よろい》をはずしていたのかもしれない。

あのけんちゃんはどうしただろうか。その後、幸せになれただろうか。

美沙はときどき思い出す。すると里親の文字がちらつき目の奥がじいんと痛くなる。


昼食後、おかみさんは用事があると言って畑に現れなかった。

聞きたがり屋の原田があっちゃんに「おかみさんは怒っているの？　優菜さんとケンカしてるの？」「みなしごを引き取るの？」と質問を浴びせたが、あっちゃんは本当に知らないのか「わかんなーい」と返事をして、キャベツをゆっくり切りながらイヤホンから流れる韓国のアイドル歌手に夢中だ。

「みなしごを引き取ってうまくいくかしら。そんなに子どもが欲しいのかねぇ。私は自分が食べていくだけでも大変だから結婚しても子どもはいらない。美沙さんはどう？」

　原田は美沙に問いかけたが、聞こえないふりをしてキャベツを切ることに集中した。お酌の件以来、朝夕の挨拶《あいさつ》しか交わしていない。

　自分が児童養護施設にいたことは誰にも話していない。心が通い合ったと思った大下春香にも宮村華子にも話していない。施設育ちと言うと、かわいそうとか親なし子とか偏見がひどい。話した相手が良いひとでも、そのひとが誰かにうっかり言うかもしれない。学校でさんざん意地悪され無視されたために、絶対口にしないと決めて生きてきた。

　原田は美沙が相手にしないのであきらめたのか、段ボール箱を抱えると今川の近くに場所を移した。ときどき、みなしごという言葉が風に乗って流れてくる。

「おい、べらべら喋らずによく見て。気をつけんと手を切るぞ」

　今川の太い声が聞こえてきた。


　温泉に行った。

　あっちゃんと、女の子を膝の上で抱いた優菜が湯からあがったところで、顔をてかてか光らせながら脱衣所のベンチに座っていた。

「美沙さん、キララちゃん、かわいいよ。ほら、見て」

　あっちゃんが優菜に抱かれた女の子の頬《ほお》をさわっている。

えっ、キララ？　キャバクラらぶらぶで母親のアンリに置き去りにされた子と同じ名前だ。まさかあのキララなのか。

顔を見ると大きな丸い目で美沙を見つめる。そうだ、初めてらぶらぶで働いた夜、ひとりで暗い道を歩いていて華子が抱き上げたあのときと同じ目。キャストのミキに抱かれてあっ、あっと発していた青味がかった瞳。間違いない。児童相談所の職員に連れられて去って行った子だ。痩せて鼻水を垂らしていたが今はふっくらしている。頬が柔らかな餅のようにつるつるで、唇は薄いピンクの小さなバラが咲いたようだ。

「お子さんはキララって名前なんですか？」

「ええ、今、流行りのキラキラネーム。いい名前でしょ。この子のママがどんなつもりでこの名前をつけたのか聞いてみたいけど、行方が全然わからないの。パパもわかんないしね」

優菜は農園の従業員全員が知っていると思うのか隠そうとせず、淡々と答える。

「まだ私に十分、慣れていないの。言葉もほかの子に比べて遅いみたいだし……本当のママが話しかけていなかったんじゃないか、なるべく言葉をかけてとお医者さんに言われているんです。ねっ、キララ」

優菜は自分の顔を見つめるキララに呼びかけると言葉を継いだ。

「キララ、お風呂、ブンブ、ブンブして気持ち良かったね。お利口さんだったね。あっちゃんも一緒で楽しかったね。また、一緒に入ろうね」

キララの顔にふわっと笑みが広がる。

「キララちゃんはねえちゃんの子どもになるの？」

あっちゃんが不思議そうな顔をする。

「キララのママの行方がわかったら了解を得て養子にしたい。時間がかかると思うから、まずは正式に里親として認められたい。今は里親見習い中よ。キララを自然に触れさせたいからここへ戻って来ようと思って……。お母さんたちにも賛成してほしいの」

「わあ、嬉《うれ》しい。キララちゃんも一緒に暮らすんだ。私、かわいがるよ」

あっちゃんが顔を綻ばせながら、キララのぽってりした手をそっとさわった。

「キララちゃんは施設にいたのですか？」

「ええ、私、子どもが欲しかったけどなかなか妊娠しなくて……検査したらふたりともできないことがはっきりして、いろいろ考えた末に里親になりたいと希望したの」

「……」

「初めて会ったとき、じいっと私たち夫婦を見てほっとした顔をしたの。そのとき、この子の親になりたいって思って……」

キララは、華子やミキがかわいがってくれたことを思い出して、同じ温《ぬく》もりを感じたのだろうか。

「里親になるには、愛情深く育てることや養育里親研修を受けることなどいくつか条件があるの。研修は無事終了したわ。今、N市で夫がデザイン関係の仕事をしているけど、ここへ移ってもネットでできるから大丈夫と思う。私は広告会社で働いていたけど、夜中まで仕事に追われて病気になりそうで辞めたばかり。これからは夫の仕事を一緒にするつもり。キャベツ畑が忙しいときは手伝うことも考えている。今、それでも認めてほしいと児童相談所に相談しているの」

キララが優菜の膝の上に立ち上がり、うっ、うっと言い出した。歩くと言っているようだ。話が長くなって湯冷めしてはいけない。美沙はそれではと立ち上がった。

あっちゃんが「バイバイしよう」と、キララの手を持った。キララの目がくるっと動いて青味が増した。

湯船につかると、今、見たばかりのキララの顔や瞳、手が浮かんだ。

キララが元気だった。

児童相談所の職員に連れられてキャバクラらぶらぶを去って行ったとき、窓から見つめながら「幸せになれるといいねぇ」と涙ぐんでいたミキが知ったらどんなに喜ぶか。華子やカナンの顔も綻ぶに違いない。

キララの母のアンリはまだ行方がわからないようだ。でも、優菜夫婦と親子になったら、ずっと施設で育たなくても良い。日を重ねれば、実の親子のようになれるかもしれない。

高校を出るまで施設で過ごした美沙は温かな家庭を知らない。家庭は、霧が立ち込めていてつかみどころのないように思える。

優菜を見ていると、キララを慈しみかわいがっていることが伝わってくる。キララの顔も以前と違って表情がのんびりしていて、安心して優菜に抱かれていた。優菜がかける言葉が心の中に染み通り、何層も重ねられてやがて大きな花が開くのではないだろうか。

キララ、良かったね。

思いがけない再会に驚いたが、体中にほのぼのとした温かなものが駆けめぐった。


翌々日、おやつの時間に、優菜がお土産に持ってきたクッキーを食べていると、優菜が従業員たちに挨拶した。

「お世話になりました。里親になることが正式に決まったらまた来ます。両親もわかってくれたのでひと安心です」

優菜と隆也の顔がすっきりとしている。おかみさんはキララの腕に「一本橋こちょこちょ」とうたいながら自分の手を這《は》わせ、キララはキャッキャッとはしゃいだ声をあげた。おかみさんにすっかり懐いている。

キララを真ん中にして優菜と隆也がそれぞれ手をつなぎ車へ歩いて行った。

車が出て行くとき、おかみさんとあっちゃんがいつまでも手を振り、笹田《ささだ》が腕組みしながら車をずっと目で追っていた。


二週間経《た》った朝食後、原田と今川が、今日で辞めるから賃金を清算するようにおかみさんに言っているのが聞こえてきた。

おかみさんは「急に言われても困る」と不満そうだが、それでも計算を始めた。

何も話を聞いていなかった美沙は驚いた。

「急だけどどうしたの？」

「今川さんが友だちにいい所を紹介してもらったから一緒に行こうと言うのよ」

原田は、いつもはつけない金色のイヤリングを揺ら揺らさせながらリュックを背負い、金を受け取ると、松本駅まで行くトラックに乗せてもらうと急ぎ足で今川と出て行った。

「ふたりがいちゃいちゃしてるのは知っていたけど、まさか、つるんでこんな急に出て行くとはね。今川さんは女をたらしこむのがうまそうだけど、原田さんは大丈夫かねぇ」

おかみさんが額に皺《しわ》を寄せている。すぐ次の働き手を探すために、心当たりに電話をかけなければいけないと溜め息をついた。

原田は大台に乗るからここらで男断ちをすると言っていたのに、どうしたのだろう。今川がそんなに魅力があるのだろうか。ここより良い仕事が本当にあるのだろうか。

第一二章　春へ

原田めぐみと今川は賃金の清算が済むと、従業員たちに挨拶《あいさつ》をすることもなく慌ただしく出て行った。

美沙は朝食後の休憩をとるため部屋に戻り、ふたりはなぜそんなに急いだのかと不思議に思いながらベッドに横になった。

何気なく部屋の真ん中に置いてある小さな共用タンスに目をやった。六段ある上段を原田が、下段は美沙が使い、それぞれの一番上は鍵が掛かるようになっているが、美沙の引き出しが微《かす》かに開いている。鍵は常にポシェットに入れて身につけているが、落としたかと慌てて確かめると中にある。

胸騒ぎがして引き出しを開けると、四日前、受け取ったばかりの今月分の給料を入れた封筒が見当たらない。食事代や温泉代などの経費を差し引いた残りを入れていた。

別の封筒に前月の給料を入れていたがそれもない。ひょっとしてタンスの別の所に間違えて置いたかと見たが、自分の下着と服があるだけだ。原田の使っていた上段も空っぽだ。室内は狭くて捜すまでもない。

農園の近くには銀行はおろか郵便局、コンビニもないので、給料は振り込みではなく現金で受け取る。次の休みに二キロ先にある郵便局へ農園の自転車を借りて行き、貯金をする予定だった。先月の休みは朝から夜まで大雨が降って郵便局に行けなかった。合わせて五三万円ほどがなくなっている。

鍵を何らかの器具を使って開け盗んだのだ。誰がこんなことをしたのか。

ここに金を入れたことを知っているのは原田しかいない。

朝食をとるために部屋を出たとき、原田が忘れ物をしたと戻って行った。数分後現れたときは荷物を入れたリュックを持っていた。

腕や手、腰が痛くなったり、汗を滲《にじ》ませながらキャベツを収穫して得た大切な金だ。無駄な金は使わないと決め、朝夕、薄ら寒くて長袖の服が必要なとき、近所に一軒だけある雑貨店で流行遅れの安いトレーナーと夏用のTシャツをそれぞれ二枚買っただけだ。

大川病院に医療費を払い、国民健康保険料滞納分も納入しなければならない。今後、アパートを借り、当座の生活費にあてるための大切な金だ。原田に訊《たず》ねようとスマホに電話をしたが、切断されている。今川の番号は聞いていない。

頭がくらくらして目の前がぼうっとかすむ。膝から力が抜けへなへなとベッドに座り込んだ。どれくらいそうしていたのだろう。

ドアをトントン、ノックする音が聞こえた。

「美沙さん、どうかしたかね」

おかみさんの声がしてドアが開き、顔がのぞいた。うしろにあっちゃんもいる。

「休憩が終わったのに現れないから、どうしたかと心配で見に来たわ」

あまりのショックで座り込んだまま時間が経《た》つのも忘れていた。

「気分が悪いんかね？　原田さんが急にいなくなって元気なくしたんかね？」

「タンスに入れていたお金がないんです」

「えっ！」

おかみさんとあっちゃんが入ってきて、鍵が壊されたタンスを見た。

「あらぁ、こりゃ、ひどい」

足がガクガクして体がひどく震えてきた。気がついたらおかみさんに泣きながら抱きついていた。


警官がふたりやってきた。

「こんな所で盗みとはなぁ。ここは治安が良いから自分たちの出番はない筈《はず》なのにな」

太り気味の体を持てあますようにした中年の警官が、美沙とおかみさんに事情を訊ねる。農園主の笹田《ささだ》もやって来た。

「こんなこと、初めて……こんな事件が起きてうちも困りましたわ。迷惑です」

陽《ひ》に灼《や》けたおかみさんの顔色が青ざめて白っぽく見える。

原田について聞かれたので、飲食店ワンダフルの同僚だったが、短い期間で詳しいことは何も知らない、と答えた。

「あんたたち、一緒に来たから仲が良いと思ってた」

おかみさんの呆《あき》れたような声に続いて警官の声がした。

「今どき、現金渡しは古い。これからは現金ではなく振り込みにするんだな。または笹田さんが金庫で保管したらどうだ」

「うちは履歴書もとらずに人物を信頼して雇っている。ひょっとしたら原田さんは偽名だろうか。今川さんは去年も来て働いた経験があるし、力もあるから信頼してたけどね」

笹田がさかんに目をしばたたいた。

警官は立石や福井、ベトナム人ふたり、パートの女性にも訊ねたが、全員が金の紛失について知らない、原田と今川が急に辞める話を事前に聞いていなかったと答えた。

おかみさんが福井に訊ねた。

「福井さんはあのふたりとよく呑《の》んでいたけど、行き先を聞いていないの？」

「いやぁ、何も……、今朝、急に辞めると聞いてびっくりした。あのふたりは仲が良かったな……」

福井はマスクをしていない口元を撫《な》でながら、しきりに頭をひねった。

「それにしても金が盗まれたとはなぁ。おれたちにしたら大金だよな。おれもおかみさんに預けることにする」

続いて、立石が迷惑そうに言った。

「あのひとたちと喋《しゃべ》ったことないから知らん」

笹田が今川のスマホに電話したが切断されている。

ふたりを乗せたトラック運転士が見つかったが、JR松本駅付近で降ろしたことがわかっただけだ。車内ではふたりとも黙っていたそうだ。どこへ行くとも聞いていない。近くにある防犯カメラを調べたが映っていない。

「別の車を利用して逃げたのではないか。今川も共犯じゃないか」

笹田が憤然とした調子で言った。


原田が今川と親しくなったのはいつ頃だろう。

「ちょっと行ってくるわ」

原田が夕食後、よく出かけるようになったことがある。農園付近には温泉以外にコンビニもなく、簡単な日用品や酒、タバコ、食品を売る小さな雑貨店が一軒あるだけだ。

きつい労働をして疲れているから、美沙は一刻も早くベッドに入りたい。

「え、どこ?」

「タバコ。やめてたんだけど、疲れてるから一服」

室内は禁煙で、ときどき、倉庫の外にある喫煙所でタバコを喫《す》っている姿を見るようになった。大きな枝と葉をびっしり広げた木がある下に三人掛けのベンチが置かれている。

「タバコ仲間ができたわ」

若い立石もベトナム人もタバコを喫わない。今川と福井が、ときどきそこで喫っているのを見たことがある。

長い髪をうしろでひとつに束ねた今川は背が高く厚い胸板を持ち、贅肉《ぜいにく》がついていなくてすっきりとしている。四〇代と聞いた。ここ数年、夏の間はこうした所で働いているそうだ。それ以外の季節はどうしているのか、原田が聞いてもニヤニヤ笑うだけだ。

「今川さん、ワケありだ。でも、私と美沙さんも同じようなものだから、ほかのひとのこと言えないよね」

原田はおかしそうに笑った。そのうちに収穫作業を今川の近くですることが多くなった。食事も最初は美沙の隣だったが、いつの間にか今川と向かい合って食べるようになり、夜もいつまでも帰って来なくなった。

夜遅く温泉に忘れ物を取りに行ったとき、薄暗い電灯に照らされて、喫煙所のベンチで体を重ねているひとがいた。目を凝らすと原田と今川だった。原田が下から今川の背中に手をまわしている。

慌てて目をそらしてそっとその場を離れた。

壊されたタンスの引き出しの指紋と、原田が使用していた包丁などから出たものが一致した。盗みは原田ひとりの考えなのか。それとも今川に唆《そそのか》されたのだろうか。

被害届を出したが行方はわからない。

おかみさんが「あのひとたち、もうつかまらないよ。見舞金だよ」と茶色の封筒に入れた一万円を美沙に差し出した。滲み出る涙を拭いながら、その一万円札をいつまでも見つめていた。


キャベツを切る手が震える。涙が溢《あふ》れ、包丁もキャベツもはっきり見えない。涙は尽きることがない。体の奥深くに深い池があってそこからとめどなく流れてくるのか。

明らかに収穫量が少なくなっているが、おかみさんも笹田も何も言わない。早く元のようにたくさん収穫したいが、手も心も思うように動いてくれない。

温泉に入ったあと、入口の椅子に座って目を瞑《つぶ》りぼんやりしていた。気怠《けだる》くて立ち上がる気にもならない。

掌《てのひら》の上に置いた金が風に吹かれて舞い上がりひらひら飛んでいく。一枚、一枚にキャベツを切った重みがこめられている札だ。慌てて追いかけようとするが足が動かない。

「美沙さん」

低い声がして目をあけると、あっちゃんが色白の頰《ほお》に憂いを含んだ表情を浮かべている。入浴グッズを入れたビニールバッグの中から小花模様の包装紙を取り出した。

「この前、松本へ行ったとき、買った」

あっちゃんはいつもゆっくり言葉を区切りながら話す。

「私に？」

頷《うなず》く。包装紙を広げると薄いピンクのハンカチが入っていた。

「あっちゃんが使うんじゃないの？」

「また、買う」

「大事なものを……いいの？」

あっちゃんはこっくりした。

「……ありがとう。いただくね」

「うふっ」

にこっとすると温泉に入っていった。涙がせりあがり、その背中がかすんだ。


笹田が「ゆっくりでいいからパソコン覚えたら」とエクセルの入力や農協への報告メールの方法を教えてくれた。一日の作業結果をデータに入れる。

「年のせいか目が疲れるようになったから、若いひとにやってほしいんだ」

今まで簡単なワードしかできなかったが、丁寧に時間をかけて教えてくれたおかげで、最近は収穫作業が終わると美沙がパソコンに入力するようになった。入力すると一回五〇円の手当が出る。

「助かるよ。これだけできればたいしたもんだ。どこで働いても役立つよ」

おかみさんも「頼りになる」と喜んでいる。

相変わらずキャベツの収穫は捗《はかど》らないが、おかみさんも笹田もせきたてるのではなく静かに見守ってくれる。パソコンの知識が増えていくことで、金を盗まれた痛手が薄紙を剝ぐように少しずつ回復していく気がした。

今まで頼りにされたことがない。それなのに苦手のパソコンができて感謝される。ささいなことかもしれない。しかし、胸の中に小さな花びらが幾重にも積み重なって、いつかは大きな花に育つ予感がする。


一〇月半ばになると寒くなってきた。ここで働くのもあと僅かだ。収穫作業はようやく以前のようにできるようになった。順調にいけば全部で六〇万円ほどの金を手にする。

最初の計画では、ここで五か月ほど働きまとまった金を手にしたらN市に戻ってアパートを借り、就職先を見つけるつもりだった。しかし、予定より少ない金では心もとない。すぐ仕事が見つかれば良いが、見通しがつかなければ不安だ。どこかでもっと働いて貯金を増やしたい。

原田と今川の行方はつかめない。盗まれた金はようやくあきらめる決心がついた。

仕事に就いてもいつもうまくいかなかった。ここではなんとか働けて今度こそと思ったが、思いがけないことが起きた。

おかみさんは「ああいうひとはどこかでしっぺ返しをされるよ」と怒っている。

「ここで仕事があれば働いてほしいが冬はないからね。美沙さんは余分なことを喋らないし陰日向なくよく働くから、すぐ近くのスキー場にあるホテルを紹介するよ。住み込みで、厨房《ちゅうぼう》の手伝いや掃除、ベッドメイキングといろいろやらなきゃいかんけど、寮も食事も無料だから貯金できると思うよ。春になったらまた、うちで働けばいい」

おかみさんが声をかけてくれた。あっちゃんも冬の間はそこで週三日食器洗いをするので、美沙が一緒だと心強いと言う。

真面目に働けば見ていてくれるひとがいる。信頼され紹介すると言ってくれたのが嬉《うれ》しい。金は盗《と》られたが、おかみさんと笹田の大きな広い心やあっちゃんのほんわかとした温かさに慰められた。

ふたりのベトナム人は兄と弟で、滞在期間が終わりそれぞれの妻や子の待つ故郷へ戻る。ご苦労さん会が催され、ふたりはお礼にと低い声でもの哀《かな》しい感じがするベトナムの歌をうたった。日本へ来る旅費を作るのに知人たちから借金してきたので、もっと働いて金を稼ぎたいのだがままならないと寂し気だ。

遠いベトナムから来て働くひとがいることに、美沙は自分のことにせいいっぱいで、まったく関心がなかった。

ベトナムはどこにあるのだろう。学校で習ったことはあるがよく覚えていない。スマホでベトナムを探した。上下に細長い国だ。

笹田によれば、美沙が生まれるずっと前にアメリカが介入した戦争があった。

「私のおじいさん、その戦争で死にました。アメリカが枯葉剤を撒《ま》いたので、その影響で父は体が不自由で寝たきりになり、母は生まれつき片方の足がありません」

アニメとマンガで日本語を覚えたという兄のハンが顔を歪《ゆが》めた。枯葉剤は単なる除草剤ではなく強い毒性のあるものだった。美沙は何も知らない自分が恥ずかしくなる。

「亡くなったおやじはアメリカの横暴に怒っていた。ベトナムが勝利したとき、喜んでた」

笹田が遠い昔を思い出すかのように目を細めた。

「おやじはこの前の戦争で両親を爆撃でやられて子だくさんの親類の家に来た。食い物がないときだから仕方ないとはいえ、飯も十分与えられずこき使われて辛《つら》かったそうだ。中学を卒業してこの農園に就職して懸命に働いて跡を継いだ。戦争だけは絶対してはいかんと言っていた」

全員が黙った。重くて湿っぽい空気を破るようにハンが言った。

「ベトナムはいい所です。食べ物もうまい。景色も良い。親切なひとが多いです。皆さん、いつか来てください」

ハンは初めて笑った顔を見せた。息子に日本のマンガ本を土産にすると言う。

福井も立石も金を手に去って行った。

宮村華子から電話があった。

「もうじきそっちの仕事終わるやろ。うちにおいで。いつまでいてもいいよ。気兼ねするなら、ひとまず住んで、ゆっくりアパート探しをすればいいで。おかあちゃんがあてに客用の布団を干すように言うて張り切ってる」

「えっ、客用布団を?」

「そうや。待ってるでぇ。早よ会いたいなぁ。ちっとは太ったんか? あては相撲取りになれるくらい肥えたわ。ハハハ」

待ってる。会いたい。

今までそんなことを言われたことはない。いつも怒鳴られたり冷たい目を投げつけられたりしていた。

「私も早く会いたい。でも……」

「なんや?」

金を盗まれたので、ホテルで働き、貯金を増やすことにすると告げた。

「えっ、ひどいことするなぁ。許せへんな」

華子が地団駄を踏むような勢いで怒っている。このひとはいつも自分のことのように受け止め、泣き、笑い、怒ってくれる。

会いたい。華子に、そして大下春香に。春香のリハビリは進んでいるだろうか。垂れ目でふっくらした顔が浮かぶ。春になったら一度、N市へ行こう。華子とその母親、キャバクラらぶらぶのキャストたち、大川病院の寺山、そして春香に会うのだ。

スマホが音をたてた。

「美沙、元気か。今、どこにいる?」

金田幸太の声が飛び込んできた。

「幸太、久しぶり。元気? 私はまだ農園にいるけどもうじき終わる。幸太は九州のどこにいるの? 何をしている?」

「おいらは、あっ、おいらと言ってはいけないと兄貴に言われたんだ。私は……」

「えっ、なに? どういうこと?」

「おいらは子どもっぽい。ちゃんとした大人は、私、と言えって注意された」

「へぇ、いいひとだね」

「うん、その兄貴の知り合いがイキで漁師をしていて、そこで働いている」

「イキ?」

「うん、イキ、ツシマのイキだ」

「どこ?」

「九州の近く、韓国に近い所だ。スマホで検索しな」

「そんなに遠く……大丈夫なの？」

「日付が変わる前から船に乗って獲れた魚を箱詰めしたり運ぶ。疲れるがだいぶん慣れた。遊ぶ所もないから金を貯められる。海はすげえ青くてきれいだ。美沙に見せたいよ」

「海？」

「写真をメールで送る。金が貯まったら、おいら、あっ、私は……」

「ふふ、無理しなくても良いよ。私にはおいらでもいいわ」

「へへ、まだ、私と言うのに慣れてないんだ。ごめんな。金が貯まったらそれを持って美沙に会いに行く……」

「えっ」

「……美沙、それまで待っててくれ。頼む。一緒になりたいんだ」

電話が切れた。

まだ言いたいこと、聞きたいことがあったのに。私のこともちゃんと聞かないで、相変わらずせっかちだ。

写真が二枚添付されている。紺色と藍色が混じったどこまでも続く海。高く舞う白いしぶき。真っ青な空と海を背景に、頭にタオルを巻いた幸太が両手に大きな魚を持ち、はちきれんばかりの笑みを見せている。

待っててくれ、一緒になりたいとはどういうことか。ひょっとしたら今のはプロポーズ？　まさか……、私の質問や返事も聞かないで、何てヤツ。

　思わず笑いがこぼれる。

　幸太のことは好きだ。同じ若葉苑《わかばえん》で暮らしたせいか、安心して話せる。金が盗まれたときは哀しくてそばにいてほしかった。でも、幸太についてまだ知らないこと、わからないことがある。結婚を考えるなら、もっとつき合って互いのことをよく知ってからにしたい。

　温かな普通の家庭を知らないふたりなのだ。どんな家庭を作りたいのか十分話し合わねば。プロポーズは急がないでと言いたい。

　スマホを操作する。壱岐、対馬の写真が出てきた。すぐ隣は韓国だ。はるかに遠い地だ。


　空はよく晴れているが、ひゅるひゅる音をたてた風が頬に突き刺さる。寒くて震えるが、この空が幸太の住む壱岐に続き、同じ空の下に幸太がいると思うと安らぎを感じる。

　今日からスキー場にあるホテルで働く。

　笹田が美沙とあっちゃんを仕事場まで送ってくれる。あっちゃんは週三日通勤で働き、笹田とおかみさんが交替で送り迎えをする。

　おかみさんは何度も繰り返した。

「休みにはうちへ遊びにおいで。ここを実家と思ってね」

　車に乗る前に農園の周囲を歩いた。汗びっしょりで働いた日々は辛かったが、体の中に蓄えられたものがしっかり根付いている。今後、働く場で何かあっても耐えられそうだ。

農園を囲む柵の下に小さな緑色の草が生えている。華子宅の庭で土の中からそっと芽を出していた草を思い出す。花を育てている母親が冬萌《ふゆもえ》、と教えてくれた。

覆っている土の下で懸命に伸びようとする。今の自分と同じように思われる。

木曽 ひかる（きそ・ひかる）
1944年愛知県生まれ。愛知県立女子短期大学卒業。名古屋市役所に39年間勤務、うち23年間、生活保護、障がい関係の仕事に携わる。日本民主主義文学会会員。2015年「月明りの公園で」で、第12回民主文学新人賞受賞。著書に『曠野の花』（2021年、新日本出版社）がある。

冬萌《ふゆもえ》

2024年2月20日　初　版

著　者　木　曽　ひかる
発行者　角　田　真　己

郵便番号　151-0051　東京都渋谷区千駄ヶ谷4-25-6
発行所　株式会社　新日本出版社
電話　03（3423）8402（営業）
03（3423）9323（編集）
info@shinnihon-net.co.jp
www.shinnihon-net.co.jp
振替番号　00130-0-13681

印刷　亨有堂印刷所　　製本　小泉製本

落丁・乱丁がありましたらおとりかえいたします。

ISBN978-4-406-06793-5 C0093　Printed in Japan